陈黎跨世纪诗选
1974-2017

边缘

陈 黎 —— 著

华东师范大学出版社
上海

华东师范大学出版社六点分社 策划

目 录

辑一：1974—1980

3　端午
4　海的印象
5　情妇
6　我怎样替花花公子拍照
8　你不要以为月光没有脚
9　凭空
10　月下
11　雪上足印
12　囚犯入门
13　魔术师夫人的情人
14　动物摇篮曲
16　恋歌
17　我们精通戏法的腹语学家
18　在学童当中
20　在学童对面
23　情诗
24　春宿杜府
26　小丑毕费的恋歌
28　骤雨
29　房子
30　闻笛
31　在一个被连续地震所惊吓的城市

32　在我们最贫穷的县区

33　海岸教室

34　厨房里的舞者

37　在我们最贫穷的县区——一月二十八日圆醮所见

38　口占一首寄陈达

39　最后的王木七

辑二：1981—1993

53　暴雨

55　大风歌

57　影武者

58　罚站

59　拟泰雅人民歌（五首）

62　远山

63　春夜听冬之旅

65　太鲁阁·一九八九

73　群体

74　给梅湘的明信片

77　家庭之旅（七首）

84　墙

86　亲密书

88　吠月之犬

90　相逢

92　阴影的河流

94　魔术师

97　春天

98　膀胱

- 99 纪念照：布农雕像
- 101 为怀旧的虚无主义者而设的贩卖机
- 102 岛屿边缘
- 104 小宇宙Ⅰ——现代俳句一百首（选三十）

辑三：1993—2004

- 111 秋歌
- 113 一茶
- 115 绝情书
- 118 晨间蓝
- 120 夜间鱼
- 122 一首因爱困在输入时按错键的情诗
- 123 腹语课
- 124 走索者
- 126 "福尔摩沙"·一六六一
- 129 岛屿飞行
- 131 小城
- 133 战争交响曲
- 135 家具音乐
- 137 齿轮经
- 140 三首寻找作曲家／演唱家的诗
- 143 旧雪（十首选四）
- 145 蝴蝶风
- 147 夜歌
- 149 猫对镜
- 151 快速机器上的短暂旅行
- 153 构成

- 155 音乐
- 157 在岛上
- 161 滑翔练习
- 164 给嫉妒者的探戈
- 166 十四行（十首）
- 172 白鹿四叠
- 176 小城
- 177 苦恼与自由的平均律
- 180 消防队长梦中的埃及风景照
- 181 孤独昆虫学家的早餐桌巾
- 182 海岸咏叹
- 183 铝箔包
- 184 在我们生活的角落
- 187 世纪末读黄庭坚
- 189 忽必烈汗
- 190 迷蝶记
- 191 木鱼书
- 194 小死亡
- 196 舌头
- 197 七星潭
- 198 鉴真见证
- 207 少年维持的烦恼
- 209 秋光奏鸣曲
- 211 添字〈添字采桑子〉
- 212 情诗
- 213 在岛上——用雅美神话（两首选一）
- 215 春歌
- 218 双城记

222　肥盟
224　连载小说：黄巢杀人八百万

辑四：2005—2017

229　小宇宙Ⅱ——现代俳句一百首（选三十）
234　慢板
237　梦游女之歌
238　荼蘼姿态
240　五行
242　狂言四首
246　片面之词
248　五胡
251　字俳（三十首选九）
253　国家
254　白
255　慢郎
257　废字俳（十首选五）
259　慢城
260　唐诗俳句（十二首选四）
262　闪电集
264　翩翩
266　达达
267　历史上的运河
268　残篇
269　简单的圣歌
271　三貂角·一六二六
273　圣多明哥·一六三八

276　新港·一六六〇

279　五妃墓·一六八三

281　下淡水·一七二一

282　十八摸

284　四首根据马太福音的受难/激情诗

286　十四首取材自梁译莎士比亚十四行诗的十四字诗

289　五十五首取材自拙译聂鲁达《一百首爱的十四行诗》的三行诗（选十五）

292　五首根据拙译辛波斯卡诗而成的短歌（选二）

293　十四首取材自拙译聂鲁达《一百首爱的十四行诗》的十四字诗（选五）

294　小确幸——一行诗八首

295　香客

296　力学

297　周朝

299　秦朝

300　魏晋南北朝

301　唐朝

303　元朝

304　圣安东尼向鱼说教

306　圣方济向鸟说教

309　厨圣

311　一块方形糕

313　北方

314　八方

315　五环

317　五季——十三行集（节选）

333　上邪

335 莲花行
336 玫瑰圣母堂
338 在莫内花园遇见莫内
340 被忘录
341 未来北方的河流
343 花莲
344 垦丁
345 勇叹调
346 上海
347 自修课——晚课两题（之二）
348 一百击（两首选一）
350 四十击
351 金阁寺
352 蓝色一百击
366 烈妇裂衣指南
367 朱安
370 敬亭说书
373 妈阁·一五五八
376 无言歌

377 后记
378 陈黎：勇敢的习诗者/孙若茜
387 陈黎作品目录

辑一：1974—1980

端午

黏黏白白手里这房东给的一只粿仔粽
我居然惊讶
居然再吃不到阿母胸前系住的
肉
粽

一九七四·六

海的印象

尽缠着见不得人的一张巨床
那荡妇,整日
与她的浪人
把偌大一张滚白的水蓝被子
挤
　来
挤
　去

一九七四·九

情妇

我的情妇是一把松弛的吉他
琴匣里藏着,光滑的胴体
月亮都照不着

偶而拿她出来
怀里拥着,轻轻
抚摸伊冷冷的颈背
左手锁弦,右手试音
做着种种调琴的动作
然后她就紧张成一具真正的
六弦琴,紧紧张着
一触即发的姿色

等开始演奏,却
突然
断了　弦

一九七四·十

我怎样替花花公子拍照

1

彼时月明如镜。一闪一闪,一只惊人的照妖镜照映整个沉睡的黑暗。我眼眶里的玻璃珠,转动,转动,如两只望远显微的镜头,向每一处阴私刺探

凸出,凸出。月是镁光灯。我的脑袋是盘旋不断的胶卷。高高,在晨起慵懒,午后颓丧以及晚来底污腥之上,高高,我替花花公子拍照

2

从西贡玫瑰到未开苞的雏菊。如何我们的花花少爷们,在子夜,透过催泪枪用滋养的尿水击射罪恶的花朵。我在见证。如何他们的勇敢正直积极慷慨,在喝过土制的洋酒之后暴露无遗。啊如何他们很热烈地响应负责推行的小康计划,笑着笑着,说他们的钱,太多
年轻的欲望在小客栈门口挣扎,如被吸住的铁沙,向两爿磁性底臀部报到。如何这里帘帏重重,而那里只是薄薄的墙板一道。照片为凭。如何所有的窗子都熄灯,而惟一一个凿壁偷光的却不为联考

3

这一卷的主题在消灭脏与乱。爷儿们的唾液跟着秽水流到沟仔尾。那里是游览区,小地方的名胜古迹。啊,放大的镜头里,昏沉的小镇没有睡。如何低低的木头房子发着吱喳的音响。一个用脂粉传播笑靥的女人,操生硬的普通话咒她客官的娘亲;皮带系好以后,很快地再把它翻成闽南语

我的模特儿在每一个可以躺下的地方摆好姿势。渴擦,渴擦。我的

相机不停。如何在办公办私,办生意办学校之余留下历史性的,镜头。如何说人生如梦,梦如戏,而朦胧的夜是最好的舞台
我看到最好的丈夫,他们帮助别人的太太相夫教子。最后一次的电视新闻说一项慈善运动正如火如荼地展开。卖口香糖,卖爱国奖券的。卖肉粽,卖四神汤的。我看到头上的月光映照着路过的叫卖声,而如何,我的花花公子他们的酒香笑语在我的脑袋里开花结果

4

月升,月升!我的视线跟着高升。越过高楼,越过叠叠重重的山峦,我的镜头做更深更远的投射。由暗闯入更暗,啊我开始看见,皂蓝的树林,那些枝,那些叶。一株一株的花,一株一株的草。他们的光泽。啊,如何我彩色的相机,在纯净的风景里失灵,如何我辗转奔波的眼珠静止:清醒,如不眠的月亮
月白,月白,黑色大地!如何我替花花公子拍照,拍照,拍照,而洗出的,只是一张黑白的风景
风吹。水晶似的露珠,一滴,两滴……

一九七五·八

你不要以为月光没有脚

你不要以为月光没有脚
轻轻它踢开铁门,去占领
最高的一个窗口
丝质的胸衣刚刚坠落
玛奴的男人不在家

它开始走下墙壁,跨过一张
年轻军官的照片
停了的时钟在一旁。枕头。绣花巾。用剩的冷霜
不小心它碰倒一面银盾。模范母亲
一些灰尘跟着卸下

月光,月光它居然跌倒
镜子一般清洁的胴体在床上
忧郁的玛奴手舞足蹈
一些不好的欲望在夜里
需要洗掉

你不要以为月光没有脚
它转身,翻上男孩的书
急急趱过一本生物课本
逃之　夭夭

一九七六·二

凭空

一只蜘蛛,我想到
占据几枝树枝
吐诗——
透明的章句经纬一座帝国
一块完整的天空
雨过风吹

一九七六·四

月下

应当听钟声
深绿地
在颤抖的叶中颤抖
渗透而出的是月光,不怎样旋律的
月光穿过参差的枝桠
阴影,阴影
感觉冰而滑的指头,移动
间断的一些白键黑键……
"四更过了,冷啊。"
初落发的和尚在井湄打水
拉起一截湿了的衣袖
他的庙宇,单寂地站在一边

一九七六·七

雪上足印

因冷,需要睡眠
深深的
睡眠,需要
天鹅一般柔软的感觉
雪松的地方留下一行潦草的字迹
并且只用白色,白色的
墨水
因他的心情,因冷
而潦草
白色的雪

一九七六·八

囚犯入门

我们听不懂那些话，关于他们所说我们的双亲杀了人以及种种遗传的理论，经过的时候门是敞开着的，被剪断的彩带殷红地散落地上，我们实在不知道是谁主持那些揭幕的仪式的，以后走道似乎愈来愈窄，并且黑暗，老实说它是那么的黑暗以至于我们的眼睛就像光天化日下两只亮着的灯泡一样的无济于事，我们只是摸索，听到似乎是水的滴落并且感到口渴，拦住我们的，果然，是一扇门，其中一个我们他说钥匙就在我们身上，开了门他却说：

"我们杀了人！"

大人啊，我们真的是无辜的，因我们实在是在很黑很黑的黑暗当中，除了一声好像是剪刀的声音以外什么都不知道

一九七六·八

魔术师夫人的情人

我如何向你解释这幅早餐的风景
橘子水从果树上掉下,跟着小河流到杯子里来
三明治是两只美丽的公鸡变的
钻出太阳的总是蛋壳的另一端,不管多重的月亮味道
桌子椅子刚刚从附近的森林砍下
你甚至可以听到叶子的叫声
那些核桃也许就藏在地毯下面,谁知道呢
只有床铺才是稳固的
但她是那么的欢喜巴赫的赋格,因人们多疑而善变的这位
魔术师夫人。你只好彻夜,学她不眠地遁走
(追在后头累得半死的十九是我……)
我恐怕睡醒后她还要弹风琴,喝咖啡,做美容操
哎,谁晓得帽子里煮的是不是咖啡
下一只饶舌又爱卖弄诗句的鹦鹉,不定,就轮到我

一九七六·八

动物摇篮曲

让时间固定如花豹的斑点
疲倦的水鸟滑过水面轻轻滴下它的
眼泪像一只离弦的箭需要落实
这是花园没有音乐的花园灰蒙蒙的
大象沉重沉重地走过你的身边并且请你
为蜂巢为没有蜜蜂的蜂巢守望

我将为夜为没有衣裳的草叶收拾露水当星星
升起天空逐渐高过门口的长颈鹿
让哺乳的母亲远离它们的孩子像一只
弓背的猫终于也疏松它的脊椎不再
抽象地坚持爱的颜色梦的高度因为
这是花园没有音乐音乐的花园

笨拙的驴游行时不要学它打鼾
让时间停住呼吸像装死的熊静静躺下
一些雪白的花扑打它的睫毛一些蝴蝶
我将为牛栏为没有屋檐的燕子擦拭门牌当
灰蒙蒙的大象沉重地走过你的身边并且请你
为断柱为没有忧伤的断柱织补缝隙

这是花园没有音乐的花园盘旋的鹰不要
搜索猎犬你不要奔跑像天使的额头
它的宽广包容五十座城堡七百匹马车
让远离母亲的孩子回到它们的母亲像久久

湮没的神话宗教重新被发觉信仰
我将为果树为落尽果实的果树赞美祈祷

让时间固定如花豹花豹的斑点
一些雪白的花扑打它的睫毛一些蝴蝶
熟睡的狮子它们的愤怒不要惊动
这是花园没有音乐的花园灰蒙蒙的
大象沉重沉重地走过你的身边并且请你
请泥土快快藏好它的足印

一九七七·一

恋歌

要等到爱跟着黄昏君临我们的足踝
我忽然想及盛夏,感觉我的
脸像满溢流汁的餐杯
但你的眼睛是一片紫深的玻璃葡萄
不会因过重的凝睇爆裂

要等到全城的花店把时间从钟面摘走
我们的梦曾经是仅有的巨大的花园
无比灿烂准确的星图
也许有异乡人前来问路,在夜里
轻叩我们的额头
并且惊讶,它的坚实

你就会发现下一个清晨离我们有多近
当你的镯戒我的吻——雕入庙堂的廊柱
为所有抽象的美德举例说明
而你不知道风有多长永恒有多久
等到爱你的诗篇都记在经上:让虫鸟引诵

一九七七·四

我们精通戏法的腹语学家

把整座沼泽,全部的牵牛花吞进肚里
一整个夏天,我们精通戏法的腹语学家在桌边奢谈伟大蛙类的
营养学
他的食谱是半瓶装的矿泉水加一匙一匙山脚山腰开采下来的谎言
何等奇妙的配方,以碎石轧磨巨大的声音、愤怒
"烧吧,烧吧,永恒的烛火!"
我们多嘴的腹语学家总是借别人的舌头开始故事
他用连锁的染色体铺织场景,用过剩的腺体分泌洪水
我们果真听到史前鱼的叹息
看蟹游于树颠,蝶舞于废墟,渡江的钟声逐渐
高过现代
我们精通戏法的腹语学家一刀劈落七株橄榄树为新的戏偶
多逼真的录音啊
为了青苔背面失恋的死神,他暗暗敲响脚步
绝不吝惜地把恐惧丢给我们
而你看那边墙上,只一换手,他却歌咏如糖浆满唇的夜莺
声声湿濡,滴滴悦目地引领愁苦的诗人入眠
我们的腹语学家,他哭,他笑
抓一只黑猫似的他抓紧夜的尾巴,不断不断地甩荡
令我们无法辨认黎明和梦的距离
啊,我们精通戏法的腹语学家是贪婪的大亨
公开骗取你金币银币的笑语,骗取你铜币的忧伤
没有什么鸦跟雀能够插嘴
古今迷路的星光都化作一堆珍珠在他的脸盆跌宕
我们洗耳倾听,洗耳倾听,背着黑夜把鱼肚白的盆底翻给太阳……

一九七七·七

在学童当中

我在操场的中央
看阳光把树荫移进走廊
廊柱随学童的奔跑急速后退
我伸手,抓住一片玻璃
让两边风景在我的手中重叠
花冠在学童与学童间传递
我钦羡的加入嬉戏,落日
离我们好远
在此际
在奔跑的学童当中

笑声跟着静止
兴奋的蟋蟀暂回课本
去记诵冗长的岛名州名
一个短发拿画笔的女孩她羞怯地说
荷叶绿了
我回头——
十二样水彩的音乐掉入池塘

那是轻触以后的惊讶,经验的
圆周,一圈圈扩大
滑梯左边
三株白桦的枝条曾是我们
最长的半径
秋千荡开数学问题

没有嘴的风信鸡打转如一粒球
我不能确知它的起点
钟声响越篱围
逐渐与旗杆同高

我在黄昏的中央
荒芜的草地在
操场尽端
红脸的学童鱼贯步出大门，时间
就在他们背后
我忽然想到一亩罂粟
迷路的诗人用书包提取花香
第一颗星溜过他的发间
到达今夜——
今夜我们将投宿童年旅店

一九七七·八

在学童对面

1

不能打破虫鸣的规则
苦楝子撒满一整片清洁区,像早上
教过的小写字母
司扫的学生纷纷以指掌拼读新字
洒水者其一
修长的竹帚七八着地
墙外边走过的大概是公民与道德先生
云窥于树颠,球网
参差圈住未来
钟声铿然
公开断定一天的争执:
　　游戏乎工作
　　工作乎游戏
庞大的校园,只一种
声响

2

雨点接踵而来。我站在
走道中央,为最后一个学生
说解疑难
仿佛是同样的黄昏留我发问
我也曾耐心如池塘
困惑一如现在

倾盆的天空把整册单字倒进雨中
这是猫。这是狗。这些不是苹果。
那些是树吗？
　　　　　（老师老师，有人攀折花木！）

突然的呼喊倾退我的举止
噫，何方之小子
大胆侵犯我们神圣的草坪！
他轻黄的雨衣闪闪发光
他们的小脚赤裸
我的眼睛不敢夺眶而出
跟着一只粉红的小小伞旋转，旋转

何其明绿的草地啊
他舞跃在我们不敢践踏的禁忌上
滂沱的音乐
无边透明的针叶林
大雨兮剌剌
陌生的新鲜我不能逼近

3

那不必是书
舞步无始无终
不必是一堆担着意思的字句
桌子椅子，跟着我
起立坐下——而你们
你们为什么游荡到我的教室
在繁茂的花中嬉戏

在大雨中成长?
雨滴只有声音
苦涩的落叶,对你们
只有形状
啊,我真想大叫
叫你们停在那里:不追,不说
停在那里
　　　　　像任何一棵新树
时间不必知道
饶舌的外国话不必听懂

一九七七·九

情诗

我们必须欢迎各种
可能的争吵
让不同的脚尝试不同的
音步:曲折的比喻
似是而非的叙述
因为爱只有一个主题

譬如我喜欢用骈体造句
说忧由于心,妒来自女
而你却一味信仰诗律,半新半旧地辩说
怀疑,是抽象动词
不能跟我押韵

啊,我们必须熟练种种修辞学的绝技
倒装,夸饰
炼金术般把一切,一切难过的都
误解成金:
因为爱
爱实在是太大的岩块

一九七八·三

春宿杜府

我客居在杜先生的诗里
金箔映照着西风中的翠鸟与玉楼
失火的绛唇冷去,鳞鳞的
兵车乍醒如戏
在一片澄黄的语字的景色里
长安,是不能逼迫太甚的玻璃器皿
客来,借酒
春到,看花
群鸥日日的草堂也好像是广厦千万了

香稻自当由鹦鹉啄去
那些粗粝,我怀疑
跟拗折的句法大有关联
每每是漫兴而成,修改再三
我不是看过他左推右敲,大声地朗读新作
仿佛普天之下都听他姓杜的一人
然则,文章岂为名而做
　　　游钓还思陶谢手
那些鱼虾,他们懂什么史诗诗史?

我客居在杜先生的诗里
门前的茑萝一径青到江上
只记得就在昨日,我见他下朝回来
为路上的蛱蝶把春衣当了
没有药的药栏兀自在草堂左边

病还是有，愁反而少
却不知入梦来的，如今，竟都是那些——
　　李白已死，
　　卫八不见。

那是在星繁如车的夜晚
杜先生他问：
我们去下棋，去那座大棋盘的大城下棋好吗？

一九七八·三

小丑毕费的恋歌

仅仅因为半个世界的悲哀都枕在鼻梁
小丑毕费一夜不能睡。他笑
路灯一样尽责的发光
再没有更笨拙的机械了,他把一只铁槌挂在胸前
警戒,警戒着时间
仿佛手比脚更应该是小儿麻痹的指针
我们正直的毕费他不知道饥饿
节衣缩食,为包厢里诸多爱他的仕女保持苗条的身段
他的帽子是掉了漆的一只风信鸡
日夜不停地追逐梦的头皮屑
他的睫毛是鹈鹕的私生子
他的叹息是乌鸦的表姊妹
但多骄傲啊,那印满唇膏的脖子
比一只长颈鹿更优雅地坚持它的纤细

仅仅因为半个世界的快乐都枕在鼻梁
小丑毕费一夜不能睡
他笑,他笑,在柠檬一般酸黄的眼睛后面
那是为了小小的爱的眼药水
他必须哭泣,必须假装伤心的哭泣
再见不到更诚实的魔术了
他把弯弯曲曲的玻璃棒贴在耳边
让恶毒的诅咒变做葡萄汁流进嘴里
但原谅他逐渐加快的心跳
怯弱的毕费至多只是一半的大走索者

面对歪歪斜斜的电气吉他颤抖颤抖地舞蹈
啊,那是当仕女们跟星星都失恋的时候
小丑毕费读着月光
学一只断了发条的桔子,无言歌唱

仅仅因为半个世界的优越都枕在鼻梁
小丑毕费一夜不能睡
他哭,他笑,在颠倒的化妆镜中
那是为了仕女们明亮的心情
他小心地修饰,辛苦地摩擦
像对待一双破了又破的皮鞋般擦亮他的机智
而尘埃偷偷住进他的发间
欲望的皱纹像一只大蜘蛛爬在他婴儿的脸上……
啊,小丑毕费没有面具
小丑毕费没有恋母情结
他必须愤怒,必须嫉妒
必须像湮没的英雄把情诗写在每一张顺手见弃的广告单上
在伟大的清晨——
跟着全城的盲肠一起走进阳光的印刷场

一九七八·五

骤雨

残酷得像上一夜的蝙蝠
拍打,巨大的翅翼,突然闯进
不设防的睡梦的铝门窗
毫不怜悯地留下恶兆,在正午的嘴角:
尖叫——
叫你发现四周是液化与僵硬了的时间
阡陌错交
迷途的恐惧湿得比地还快:

我愿意我的世界比糖果盒小些
比易碎的玻璃坚实些

一九七八·八

房子

说单纯是一间复杂的房子的
他们的情妇也许就住在邮局隔壁
那意思是她们将很习惯在大清早收到风景明信片
在模糊不清的邮戳与问候间找到一片草地,一队海鸥
或者一只船
因为船是窗户,窗户比房子大

但绝不能忍受的是要她们同意包裹的比喻
那意思是他们必须,首先,找到一棵树爬上,砍下果实,并且
一刀劈成两半把正在争议中的爱放进核心用胶水黏牢
然后,仿佛什么事都不曾发生,偷偷把动过手术的果实再挂回树
　　上——爬下来

但是她们必须;
因为岛屿的定义是四面被海水包围
抽屉的定义是:丢了钥匙就开不开

一九七八·八

闻笛

在混乱的梦的最后听到笛声:
我清醒得像一只空虚而真的酒器
想象那年老的乐人坐在石阶中间
等待泉水溢出今夜的庙宇……

一九七八·十一

在一个被连续地震所惊吓的城市

在一个被连续地震所惊吓的城市,我听到
一千只坏心的胡狼对他们的孩子说
"妈妈,我错了。"
我听到法官哭泣
牧师忏悔,听到
手铐飞出报纸,黑板掉落粪坑,听到
文人放下锄头,农人放下眼镜
肥胖的商人逐件脱掉奶油跟膏药的衣裳

在一个被连续地震所惊吓的城市
我看到老鸨们跪着把阴户交还给它们的女儿

一九七八·十一

在我们最贫穷的县区

真高兴在一天的最开始
看到这么多新鲜的牛大便
在我们最贫穷的县区
跟同月光、鸟、露湿
共进甜美的石头早餐
啊真高兴
在这么多进步的屠宰场、射箭队
这么多骄傲的哲学、香料、议会政治之后
来到这座偏僻的石山

一九七九·八

海岸教室

多遥远啊
港口与岛的呼唤
在我们共同长成的滨海的中学
一千次　风
把盐块撒进晶亮的课本

我坐在阒静的图书馆一角
跟同起伏的潮声一页页批读
学生周记
渔网晒满斑驳的沙滩
旅行社的巴士载来最新一批看海的外国游客

那是在他们纷纷走近那座白色灯塔的同时
我看到紫红的浪花飞上堤岸
冲散年轻的我们，并且
越过铁道
偷偷引诱上课中的我的学生

我并不怀疑，此刻
你们也许正在远方的陆上想念这港口
一千次船只离去
我留在下午
看守这一片逐渐受蚀、后退的海岸教室

一九七九·十一

厨房里的舞者
——给母亲

二十五年如一日
你在偏僻的花莲
半工半读地读着你的大学
洗衣，买菜
上班，煮饭
繁重的课业剥夺了你的游戏时间
你没有音乐课
没有美术课
没有一周三节的郊游烤肉
没有逐月比赛的迎新送旧
爱是你的学号
忧虑是你最亲密的字典
你晚睡早起地苦读
战战兢兢地笔记着偷听来的重点：
只有给予
给予是一切考试的重点——
日日夜夜
我看到你背着大书包上下课
在微亮的灯前
在风紧的单车路上
比书蠹还勤奋地啃着
生活的课本

二十五年如一日

我看到你用泪汗的墨水书写答案
寒夜星光尖若笔
对窗画梦如有神
日考、月考，一张
再一张——
你苛刻的老师却不能满意
你的成绩
你的儿子一个个北上求学
一个个毕业了
你却仍留在你的大学
重修家事
补考劳作

我不知道是不是连年留级
终于松弛了你对学业的坚持
让四育不均衡的你开始了解到
美育，体育的重要
青春，健康的可贵
夜阑星稀
当我改罢学生考卷走过你的教室
我忽然听到一只熟悉的华尔兹
自半暗的厨房传来
看到仍然年轻的你抓着一台小录音机
浑然忘我地舞着
冰箱在左
电锅在右
我仿佛听到橱子里的碗筷都齐声拍手
为你伴唱

跟着番茄、柠檬
苦瓜、包心菜……

一九七九·十二

在我们最贫穷的县区
——一月二十八日圆醮所见

两亿元新台币,
四千只大猪公,
四十六座牌楼,
二十三座醮坛,
素食斋戒三日夜,
献刃宰杀鸡鸭鱼。

五万多远来亲友,
十一名本地乞丐。

一九八〇·二

口占一首寄陈达

五十年间隔诗与歌
不识字如你,不吃苦如我
五十年羁旅唇和齿
四重溪恒春
疗养院佳冬

半聋的耳朵听雨落
半眇的眼睛看草绿
五十年悲喜歌到头
思想起少年
牛母伴陈达

一九八〇·二

注:四重溪、恒春、佳冬,地名。思想起、牛母伴,台湾民间歌手陈达(1906—1981)所唱曲调名。

最后的王木七

七十日了
我们死守在深邃的黑暗
聆听煤层与水的对话
周而复始的阒静如录音带永恒
巨细靡遗地播回我们的呼吸
玫瑰在唇间
虫蛆在肩头
偶然闯入的萤火叫我想起
来时的晨星
基隆河蜿蜿蜒蜒
四脚亭的枫树寒冷如霜

错杂的血脉
神秘的母亲
我们如是温暖地沉浸在伟大的
地质学里
铁铲,煤车,炸药,恐惧
俱随时间的缆索滑进睡眠的蛛网
白夜,黑夜
黑夜,白夜
我们的心跳渐次臣服于
喧嚣的马达
愈抽愈急的古水……
基隆河浩浩荡荡
无尽的蝙蝠拍打过惟一的天空

在全然的自恋当中
我惊讶地听到有人叫唤我的名字
跟着铙钹，钟磬，木鱼，啜泣
"木七！木七！"
"木七啊！木七！"

你问我那一声突然爆起的巨响吗？
十一点四十分
大地哭她久别重逢的婴儿
泪水引发一千万水暴的马匹
疯狂地急驰，追逐我
在曲折湿黏的坑道
踢倒拖篮
踢倒木架
在我们还来不及辨认的时候
群啸而过；
我看到它践踏过万来的肩胛
我看到它践踏过阿馨的额头
而我们甚至不敢逃跑
当我们发现更多的马匹自四面八方涌来
啃啮我们的眼鼻
吞噬我们的手脚……

这突来的一切，多像
去年春天电影上看到的一样啊
而我们却来不及细揣它们的悲伤：
被落盘击坏左脚，在矿场边踽踽独行的

阿伯啊，我羡慕你
被瓦斯灼伤脸颊，在煤堆里打滚如常的
少年啊，我敬佩你
但我难道不曾听见你们大声的笑语吗？
当，吞着最后一口香烟，你们坐在清晨的木头堆等待入坑
当，锄着一粒粒的煤渣，你们让汗水滴进午餐的便当盒
啊甚至在那些深渊一样暗浊的酒瓶的夜晚
在那些煤矿一样黑硬的骰子的蛊惑里
我难道不曾看过你们高叫
看过你们惊惧，颤动吗？

七十日了
我们如此坚实地躺卧于死亡的胸膛
在深邃亮丽的黑暗里
我们的梦
是更亮丽深邃的黑暗
闪烁的地图
永远的国

淑宪，火土：
你看到新落成的我们的矿工新城了吗？
齐整的大楼
翁绿的林荫道
肇基，清祥就住在水源兄隔壁，靠近
最大的水族馆
电影院，美容院比邻而立
诊所，歌厅，超级市场，半分钟路程
三貂村的李春雄如今搬到金芝麻 D 厦

上天里的郑春发迁进了阿波罗 21 楼
深澳坑路整街规划成大公园
枫仔濑路早变为大家最喜欢的高尔夫练习场

你几时也过来参观新装潢的寒舍？
游泳池边是停车场
客厅在前头
厨房在后栋
二楼，三楼是我六个女儿的卧室
（星期二，星期四，艺专欧教授来教她们钢琴）
（星期六，大家去写生）
（礼拜天早上，跟着她们的母亲一起去做礼拜）
你可是猜疑我们把脚踏车藏到那里去了
我们考到执照已经一个多月啦
饭厅的旁边是浴室
浴室的旁边是酒橱
酒橱的旁边是电视
电视的后面是小犬的书房
（必禄吾儿：
22 日你从马祖打回的电报
我收到了。电视上播报的王木土的确就是爸爸。）

阳光遍照的奶油面包。
不必是
清晨五点出门的王木七了！

不必是低矮破败的屋檐
不必是拥挤不堪的眠榻

不必是捉襟见肘的被褥
不必是嗷嗷待哺的茶碗
倚门而望，忧患如井的妻子，她们粗厚的两手
以及
在每一件洗过、补过复弄破、弄脏的衣服上
无能消失的忧愁的煤垢；
放学的钟声
那见不到清醒的父亲，下午六点钟
在阴暗的工寮玩捉迷藏的孩童；
煤尘，奶粉
虎视眈眈的落盘
爆炸，借贷，矽肺症

周而复始的梦魇。
周而复始的录音带。
记忆啊，让我
彻底地把你们洗掉

当，一个九岁的小孩
我在睡梦中看到黑脸的父亲从矿地回来
一语不发地殴打我的母亲；
当，一个十七岁的少年
他困惑地看着赤膊的父亲在井边
暗自哭泣——
那仍是年幼的你吗？当一把黑伞
在暴雨的夜晚把妹妹送进
远方的医院

七十日了
你们仍然把难过的疾病送到远方的医院吗？
羸弱的母亲
年迈的老祖母
曲折的耳朵
中断的脊椎骨
七十日了
你们仍然把难过的灵魂送到远方的羽毛球场吗？

我们守在湿黑的岩层，静待
阳光的开采
聒噪的马达，砂包，抽水机
幡旗在昏暗的空中不自主地招摇
俞添登
第一个从右三片跑出来叫我们的俞添登
俞添登
上颚四颗金牙，右脚缺第二指的俞添登
你们终于认出他的脸庞
认出他的勇敢
认出他的愚昧了吗？

离开痛苦的伤口
离开绝望的深坑
离开焦急，哀愁，等待
离开银箔，纸灰，哀号

让受惊的孩子们回到教室
让晕厥的老祖母回到摇椅

锄镐必须工作
蜜蜂必须微笑

我们在此等候
因为骄傲的冠冕不肯碎裂它们世袭的宝石
我们在此等候
因为肥胖的乳牛不肯脱下奶油和膏药的衣裳
在黏土间颤抖的陶工啊
你们将知道
在刀石间困睡的石匠啊
你们将知道
对着稿纸振笔疾书的作家
对着摄影机大声疾呼的议员

我们在此等候
因为同样卑微的我们的父兄
我们在此等候
因为不能不宿命的我们的子民：

垂死的废流，黑色的阶梯
凹洼的岩层，黑色的庙宇
巨大的墨水池，黑色的哀歌
沸腾的沟壑，黑色的唱诗班
呜咽的月亮，黑色的铜镜
粗重的麻布，黑色的百叶窗
纠缠的铁道，黑色的血脉
失火的矿苗，黑色的水坝

黑色的窗牖，水之眼睫
黑色的谷粒，水之锄铲
黑色的指戒，水之锁链
黑色的脚踝，水之缰辔
黑色的姓氏，水之辞书
黑色的搏动，水之钟摆
黑色的土瓮，水之忧郁
黑色的被褥，水之愤怒

（记忆啊，让我彻底地把你们洗掉……）

七十日了
你问我草地的颜色，落日的
方向吗？
蜿蜿蜒蜒的基隆河浩浩荡荡
幡旗飞扬
幡旗，在飞扬
我看到你们黑小的躯体，在晚风中
支撑着新织的麻衣
我看到你们锡白的嘴唇，晶莹的泪珠
那般硕大，遥远地
滴向我

"陈满吾妻：别后无讯
前次着凉都痊愈了吗？
在这么黑急的雨夜，我如何想象
疲乏的你，立在窗前
愁不能眠地回顾刚刚入睡的

我们的女儿
仿佛是一万年前的爱情了
我看到幼小的你,结着一只大蝴蝶
跑到我们泥泞的矿区玩耍,
然后是羞怯、高大的你,
然后是你愤怒的父亲严厉的
双眼:
'矿工的孩子?!'
是的,矿工的
孩子……

仿佛是十万、百万年前的誓约了
我看你洗衣,缝衣
育我的孩子,姓我的姓
而我们从来不曾储满那三个
奶粉罐子的钱币
漫漫的长夜
愈挤愈窄的睡眠
而也许我们再也不要什么
奶粉罐子了
东西那么昂贵
你的身体又那么虚弱

阿雪还一直痛着肩膀吗?
必禄的来信我看到了,他
身体强壮我很高兴
退伍后,你可以带他到矿场
找头家

公司方面一定会给他工作做的。

雨衣的口袋里有我买回来的一包莲子
务必记得取出；
我寄在春武伯那儿干电池四粒
瑞竹路林阿川上回欠我一百五十元
你有空不妨找他拿
可以为小蕙运动会买一双新球鞋
你饭要多吃，衣服少帮洗
这么黑急的雨夜，可别忘了闩好
家里的门窗……"

一九八〇·五

后记：1980年3月21日，瑞芳永安煤矿四脚亭枫仔濑路分坑因涌水，发生了近年来台湾最大的矿场灾变；上午11时40分，右三片坑道（距坑口约八百公尺）突然大量涌水，水流湍急，当时正在坑内工作的工人除王淑宪、吴火土等十人于千钧一发之际自本斜坑中通风道及时逃出外，其余王木七、俞添登、吕阿馨、杜万来、余清祥、许肇基、郑春发、李春雄、徐水源等三十四人皆不幸葬身坑底。积水判断系自其他旧坑道古洞水以及基隆河河水渗入，灾变后矿务局虽即调数台抽水机日夜不断抽汲，然一以坑内落盘不断，抽水不易，二以坑内进水较抽出者为多，水势仍不断上升；3月21日晚间水涨至距坑口130公尺处，至3月24日竟涨至距坑口仅53.7公尺。后经海军蛙人以砂包将基隆河进水口堵截，水位始开始下降；4月4日距坑口91.4公尺，4月14日距坑口150.3公尺，4月22日大幅降至距坑口215公尺，至5月10日，终发现尸体一具：头部只剩头骨，身体肌肉消蚀大部分——证实系第一位跑出右三片，复转回呼叫左三片同伴因而不及逃出的掘进工俞添登。

此诗的"说话者"王木七，51岁，永安煤矿掘进工，住瑞芳镇吉安里大埔路173号。据报载：其长子王必禄在马祖服役，3月22日拍回一封紧急电报，谓看电视报导，家乡煤矿灾变，一位被误报名为王木土的矿工罹难其中，特地大清早打电报回来问"父是否安康,来信告知"。王木七家中除妻王陈满外,尚有未成年的六女一男,最小者尚在小学就读。

辑二：1981—1993

暴雨

我听见雨暴在向我们呼喊,
一万亩颤抖的星光与阴影;
我听见大海哭她迷失的婴孩,
黑沉沉的叹息与呼吸。

腐败的夜,
腐败的夜。
一个理想在这里死去了,
你看见了吗?

腐败的夜,
腐败的夜。
一个理想在这里要复活了,
你听见了吗?

我听见泥沙挟带花粉,
臭水挟带蜂蜜,
我看见粪便呵护着稻米,
烂铁扶携着虫鸣。

波浪间摇晃着的是世界的垃圾,
果核,废纸,死精液。
波浪间激荡着的是人民的话语,
祷词,情诗,三字经。

撕开那岸!
撕开那岸!
你听见它们的叫喊吗?
暴雨般冲刷护卫我们的道德的堤。

撕开那岸!
撕开那岸!
你看见它们的身影吗?
巨树般升起自最秘密的生命大海。

而你——你还要是骄傲的崖吗?
投向那海!
投向那海!
一个伟大的爱在这里要诞生了!

一九八一·八

大风歌

三十岁。婴儿般胆怯的眼神

清晨五点钟在恶梦中再度儆醒
仍有老师考你的试
仍有小鬼抓你的错
仍有教官,辅导长,纠察队砥砺你的品行
考核你的正直
洗脸,刷牙
在入厕前读完昨夜临睡前初读的
诗歌
酱菜。摩托车
升旗。老师早
天晴时慢跑慢跑
落雨时打伞收伞

大风吹
吹一百年郁闷的大雾
吹沉积在办公桌上的尘灰
吹集结在社会版角落的污垢
吹陈腐
吹迂阔
吹书包
吹人事主任头上的安全帽

大风吹

吹一千年不忍的泪珠
吹荆棘中跌倒的行旅
吹暗夜里思想的星光
吹横眉怒视，热情无力的老作家
吹梦里有恨，恨里流血的未亡人
吹水肥
吹草绿
吹小姊妹发上的野玫瑰

三十岁。龟虫般沉重的步履
仿佛还要骄傲
仿佛还能狂笑
冷茶。热汗
上楼。下课
一路上闪烁不停的红绿灯。标语
历史。黑雾……

"大风吹，吹什么？"
吹所有有爱有泪的人

一九八二·十

影武者

在豆浆白的早晨骑着灰色影子上班的我们
在酱油浓的黄昏骑着灰色影子下班的我们
把绞尽脑汁的脑袋瓜奋力甩给落日的无头骑士
把若明若灭的星光梦暗暗藏进黑夜的梦幻骑士

追逐流言，扑杀坠楼之真理
随牵一动千的傀儡戏呼喊万岁
捕风捉影，见异思迁
因无可奈何之迂回原地踏步

以痛苦为不痛苦
以沉闷为不沉闷
以杀伐为不杀伐
以寂寞为不寂寞

罂粟花。存折。打火机。便当
今天影印昨天的垃圾、微笑
青春无影，有仇难报
眼睁睁看人老刀老心不老

把若明若灭的星光梦暗暗藏进黑夜的梦幻骑士
把绞尽脑汁的脑袋瓜奋力甩给落日的无头骑士
在酱油浓的黄昏骑着灰色影子下班的我们
在豆浆白的早晨骑着灰色影子上班的我们

一九八四·五

罚站
——给中国少年

蓝天没有罚云朵扫地,
深秋也不曾叫枫树直站,
要飞的,他们飞,
要转的,他们转,
要停的,他们停。
微风不曾强迫秋千翻书,
晨钟也没有逼铜像念经,
弯弯曲曲地,他们听,
高高低低地,他们唱,
歪歪斜斜地,他们走。

走到凌乱自由的思想的草坪,
走到繁复自在的梦的实验场,
走到臭水沟,
走到垃圾堆,
走到人间。

美丽的岛春天了。少年中国,
你为什么还罚站在习惯的教室里?

一九八六·十二

拟泰雅人民歌（五首）

1 热情

我情愿我的爱在遥远的地方，
这样，我可以更大胆、自由地和她说话
（啊，只能够在耳边低声细语是多么地
苍蝇蜘蛛蚂蚁啊！）
我可以牵她的手，踢她的脚，
不必怕她斜眼阔肩的舅舅、舅妈；
我可以放开喉咙大声歌赞，
不必怕对街的夜莺传播学样。

我情愿我的爱在大雪纷飞的北方，
那儿，在重重的睡意与颤抖间
她将更清楚地记起南方的夜空：
五月的汗水，七月的热。

2 房子

有人把房子盖在石头上：
有人把房子盖在钢柱上；
我把房子盖在酒坛上，
地震来时跟着溢出的酒香摇摆歌唱。

3 世界

世界很重，
世界不稳，

世界是上上下下的跷跷板。

深思熟虑的人们怀抱忧愁
聚坐在世界的一边——
（世界好重！）

争名夺利的人们披戴盔甲
拥挤向世界的另一边——
（啊，世界倾斜了！）

世界很重，
世界不稳，
我是无动于衷的天平。

4 历史

得其黎溪。世界的母亲

淘金船从西班牙来
载走了砂金，载不走梦。

淘金船从葡萄牙来
载走了溪水，载不走你。

流血过。
流失过。
战斗过。
反抗过。

运兵船从大日本来
载走了战士，载不走恨。

运兵船从唐山来
载走了家乡，载不走你。

5　峡谷的月光

峡谷的月光慢慢地流，
流过我的宝宝游戏的溪岸，
羚羊，麋鹿，童话的猪，
一只只走进她的心上。

峡谷的月光慢慢地流，
流进我的宝宝睡梦的池塘，
蝴蝶，纸船，银色的蜂，
随着她的微笑轻轻颤。

峡谷的月光慢慢地流
我的宝宝酣睡了——
她的梦里有繁美的花，
开在母亲的歌声上。

一九八八·九

注：得其黎溪即立雾溪，流过太鲁阁峡谷，太鲁阁泰雅人所居。《花莲县志稿》卷首大事记第一条记载："明天启二年（公元1622年）西班牙人至哆啰满（今得其黎溪）采取砂金。"

远山

远山愈来愈远了

曾经,在童年的早晨
跟着每一天新生的理想
晨歌般升起于心的旗台;
曾经是棒球场的看台,胸口的徽章
曾经是梦的屏风,泪的扑满

远山跟着你长大,又看着你老去

在午后的风与天线间
在人间的暮色与污浊里
在房子,车子,绳子,刀子,种种
规则与不规则的非积木后面——
远山　向远山说话

告诉你不曾说出的沉默。
远山,在你爱的时候
一夜间又近了

一九八八·十二

春夜听冬之旅
——寄费雪狄斯考

这世界老了,
负载如许沉重的爱与虚无;
你歌声里的狮子也老了,
犹然眷恋地斜倚在童年的菩提树下,
不肯轻易入眠。

睡眠也许是好的,当
走过的岁月像一层层冰雪
覆盖过人间的愁苦、磨难;
睡眠里有花也许是好的,
当孤寂的心依然在荒芜中寻找草绿。

春花开在冬夜,
热泪僵冻于湖底,
这世界教我们希望,也教我们失望;
我们的生命是仅有的一张薄纸,
写满白霜与尘土,叹息与阴影。

我们在一撕即破的纸上做梦,
不因其短小、单薄而减轻重量;
我们在擦过又擦过的梦里种树,
并且在每一次难过的时候
回到它的身边。

春夜听冬之旅，
你沙哑的歌声是梦中的梦，
带着冬天与春天一同旅行。

一九八八·十二

注：年初，在卫星电视上听到伟大的德国男中音费雪狄斯考在东京演唱的《冬之旅》。少年以来，透过唱片，聆听了无数费氏所唱的德国艺术歌曲，多次灌录的舒伯特联篇歌曲集《冬之旅》更是一遍遍聆赏。这一次，在阒静的午夜，亲睹一首首熟悉的名曲（菩提树、春之梦……）伴随岁月的声音自六十三岁的老歌者口中传出，感动之余，只能流泪。那苍凉而沧桑的歌声中包含多少艺术的爱与生命的真啊。

太鲁阁·一九八九

1

在微雨的春寒里思索你静默的奥义

那宽广是一亲密的贴近
万仞山壁如一粒沙平放心底
云雾推抹
湿润中流转、静止的千绿
那温柔仿佛呼吸
如一叶之轻落,如一鸟之徐飞
又仿佛一树花之开放
在陡峭光滑的岩顶绝壁
那深沉纳苦恼与狂喜
庄严若蓊郁的雨林
墨蓝的星空,那激越
如兔脱禽动
穿过去夏滂沱的山洪
奔跃于阳光的早晨
我仿佛听见生命对生命的呼喊
在童年游戏的深潭
在昨夜惊觉的梦境
我仿佛看见被时间扭转、凝结的
历史的激情
在褶皱曲折的岩面
在乱石崩叠的谷底

那纹路如云似水
在无穷尽山与山的对视间
在无穷尽天与地的映照里

然而你仍只是不言不语地看着我
行走过你的山路
看着我，一次又一次地
在你的面前仆倒
一如千百年来那些在你怀里
跌倒的，流血的，死去的

2

多少次，你让你的孩子在你的怀里
跌倒，受伤又站起来
多少次，你让他们在腐叶四布的密林
行进并且迷路
你看见青春像飞瀑急溅
随涧水流入遥远的大海
你看见浮云负载梦幻
缓缓消失于更巨大的梦幻
你让他们寻觅一块磐石静坐沉思
你让他们攀倚着钟声进入黄昏
在暴雨中成长
你让他们伫立在断裂的崖边
看滴水穿石
看逝者如斯夫不舍昼夜

逝者如斯夫不舍昼夜

你让红毛的西班牙人到你的峡口采取砂金
你让红毛的荷兰人到你的峡口采取砂金
你让被满洲人驱逐过海的大陆人到你的峡口采取砂金
你让驱逐走满洲人的日本人到你的峡口采取砂金

到你的峡口筑垒,架炮,杀人
到你的山腰筑垒,架炮,杀人
到你的溪头筑垒,架炮,杀人

你听走进来的汉人对刀下的人说:
"投降吧,太鲁阁番!"
你听走进来的日本人对枪下的人说:
"投降吧,太鲁阁番!"
你看着纹身的他们渐次从深山迁往山麓
从山麓迁往平原
你看着他们渐次离开他们的家
不言不语

3

你看着他们渐次离开他们的家
来到你的身边
那些被大陆人驱逐过海的大陆人

带着战余的炸药,乡愁,推土机
他们在你纠缠的骨骼间开凿新的梦
有的失踪于自己挖掘的隧道
有的跟着落石沉入永恒的深渊
有的留下一只手,一只脚

学坚毅的树站立风中
有的脱掉旧袍,拿起锄头
在新开的路旁钉立新的门牌
跟着新认识的异乡女子,他们学习
接枝,混血,繁殖
一如一遍遍种下去的加州李,高丽菜,二十世纪梨
他们把自己种进你的身体

他们把新的地名挂在新开的路上
春天的时候
他们秃顶的顶头上司,带着后花园秋千
到一个叫天祥的地方捡赏落尽的梅花
他们把复制的御榻铺在温泉小径,顶着热气
大声朗读正气歌
但你不是华清池,不是马嵬坡
不是迢遥朦胧的中国古典山水

那有名的大千居士,颤巍巍地扶着
比山间云雾还虚无的美髯
在你具体的脸上
用半抽象的泼墨挥霍乡愁
他们在你的山壁上画长江万里图
但你不是山水,不是山水画里的山水
从你额际悬下的不是李唐的万壑松风图
不是范宽的溪山行旅图
对于那些坐着冷气巴士游览你的人
你是美丽的风景
(就像四百年前乘船经过东边海上,用奇特的声调

呼喊"福尔摩沙"的葡萄牙人)
但你不叫"福尔摩沙",虽然你是美丽的
你不是带走的、挂着的、展览的风景
你是生活,你是生命
你是伟大真实的存在,对于那些
跟着你的血脉一同颤动、一同呼吸的
你的子民

4

我寻找浓雾的黎明
我寻找第一只飞过峡口的黑长尾雉
我寻找隙缝中互相窥视的木蓝与大戟
我寻找高声赞颂海与旭照的最初的舌头
我寻找追逐鼯鼠的落日的红膝盖
我寻找跟随温度变换颜色的树的月历
我寻找风的部落
我寻找火的祭典
我寻找跟着弯弓响起的山猪的脚步声
我寻找枕着洪水睡眠的梦的竹屋
我寻找建筑术
我寻找航海学
我寻找披着丧服哭泣的星星
我寻找吊钩般悬起血夜与峡谷的山月
我寻找以铁索捆绑自身,自千丈高崖垂下将自己与山一起炸开的手指
我寻找凿壁的光
我寻找碰撞船首的头颅
我寻找埋魂异乡的心
我寻找一座吊桥,一条没有鞋带的歌也许是

我寻找回声的洞穴,一群意义丰富的母音子音:

桐卡茬,旁给扬,塔比多
磴翁干,洛韶,托鲁湾
托博阁,斯米可,鲁玻可
可巴洋,巴拉脑,巴托诺夫
卡莫黑尔,卡鲁给,玻卡巴拉斯
喀拉胞,达布拉,拉巴侯
卡希亚,玻希璃,达希鲁
希黑干,希达冈,希卡拉汗
卡奥湾,托莫湾,普洛湾
伏多丹,巴支干,欣里干
得吕可,得卡伦,得给亚可
沙卡丹,巴拉丹,苏瓦沙鲁
布拿俺,玻鲁琳,达布可俺
乌歪,陀泳,巴达干
达给黎,赫赫斯,瓦黑尔
斯可依,玻可斯伊,莫可依希(注)

5

我寻找回声的洞穴
在微雨的春寒里思索这卑微地上
居留的秘密
秋天的时候,他们结伴行走于峡谷的山道
在树林间、溪水边等候的
也许是一群忽然涌出的猕猴
也许是两间没有主人的竹屋,静立在
荒废的耕地旁

在更远的古道,他们跨过一丛蔓草
再一次遭遇埋伏的日军战壕
更远处是一座茅草搭建的山胞猎寮
以及两三块,最近一批考古队员
留下来的陶片

我们绕过回头湾
行至九株老梅所在的吊桥
在日本警察驻在的地方,一个现代邮差
愉快地把邮件分投进不同的信箱里
取走它们的也许是走两小时路,过吊桥来的
莲花池老兵
也许是坐着搬运车一路颠簸而下的
梅村妇女

你们颠簸地走进黄昏的村落
一个强健的村中男孩兴奋地跑过来迎接
矫捷的身影仿若五十年前他外祖父
追猎的山鹿
"爸爸已经烧好茶等你们了!"
竹村,他们家园的名字
多么像他父亲年少时读过的唐人的诗句
一如五十年前在此耕猎的泰雅人
他们过海成为这块土地的主人
种植他们的果树,养育他们的儿女

6

在微雨的春寒里思索这卑微地上

居留的秘密

钟声推移钟声

群山在群山之外

我拾级而上,暮色中倾斜走近

岩顶禅寺的梵唱

仿佛那反复的波浪

仿佛你宽远的存在

这低回的诵唱何其单纯又何其繁复啊

包容那幽渺的与广大的

包容那苦恼的与喜悦的

包容奇突

包容残缺

包容孤寂

包容仇恨

一如那低眉悲慈的菩萨,你也是

不言不语的观世音

无缘、同体地观看天开地辟,树死虫生

山水有音,日月无穷

我仿佛听见生命对生命的呼喊

穿过空明的山色,水色

穿过永恒的回声的洞穴

到达今夜

万仞山壁如一粒沙平放心底

一九八九・三

注:这些是台湾太鲁阁峡谷公园区内的古地名,在泰雅语里皆各有所指。如塔比多,今之天祥,原意为"棕树";洛韶,原意为"沼泽";达布可俺,原意为"播种";巴支干,原意为"必经之路";普洛湾,原意为"回音"。参阅廖守臣著《"泰雅族"的文化》(台北,1984)。

群体

他们是分开来口吃般
他、他、他
合起来如铁吸沙的

泥土

用水掩
越掩越黏

用火烧
越烧越硬

会流动,也会凝固
会死亡,也会再生

他们是大地

一九八九·五

给梅湘的明信片

1

我们都是悬挂着的

泪
星星
彩虹
鸟

在时间的深渊之上
歌唱
歌唱

忧愁的空中花园

2

我们在地球仪上奔跑
我在古老的亚细亚
你在遥远的欧罗巴
有人转动地球
我们失足,一起掉入
忧郁的大海

3

苦恼而清澄的海

呼吸
呼吸
呼吸

爱

4

像一片充满力与光的波浪

上升
下降

像一座周而复始的秘密隧道

从峡谷到群星
从梦　到梦

5

鸟飞进五角形的花园
音乐流进音乐

西方
东方
协和
不协和

根据什么

一九九〇·二

注：这些诗根据的是我最近听的一些音乐，特别是梅湘（1908—1992），诺诺（1924—1990），韦伯恩（1883—1945）与武满彻（1930—1995）的。武满彻说："音乐的喜悦，基本上，似乎与哀愁分不开。那哀愁是生存的哀愁。越是感受音乐创作之纯粹喜悦的人，越能深体这哀愁。"

家庭之旅（七首）

家庭之旅

而它自然是一本书
一本体例乖谬，却又千真万确的辞书
印在四色牌上，印在借据上
印在拘票上，印在结婚证书上

这一页是被时间通缉的我的父亲
因为他的母亲是一只蟳，在海中游，在沙中走
所以他的弟弟们名字都是水
她的丈夫坐着流笼从山上下来，带着
山的精力与火的粗暴：压她、揍她、克她
在酒醉的夜半让她抱着孩子洗涤身上的伤痕
而他恨自己名字里跟他父亲一样的火，一如他恨
那使他孪生弟弟一个夭折、一个残废的
肺炎与烂疮

这一页是讳疾忌医的家族病历史——
不孕的姑婆，失踪的外公
同住了二十年才知道亲生父亲是我祖父的我的舅舅
嫁给我的四叔，生了三个智能不足孩子的我的婶婶兼表姨
只知道生育，不知道养育、教育的我的祖父……

这一页是难字、废字检字表——
溺水的伯父，自囚的堂叔

年轻时逃家私奔，年老时落发为尼的我的姑妈

这一页是注音符号检字表——
读：读了几年书，贪污渎职的我父亲
毒：赌了大半生，吸毒、贩毒的我的父亲

它们在我的行李箱里旅行
一次又一次地打翻字盘，重新排列
成为我的兄弟，成为我
那些空白的是母亲们的泪
爱情，忧伤，沉默的拥抱
拥抱焦急的火，拥抱
重新回来的浪
在时间的沙滩上，一遍又一遍地阅读
愈翻愈白的海的书页

火车

她又听到火车从小站开出
清晨的汽笛声，佩戴日本军刀的
她的父亲大步跨过铁道
跃上逐渐远去的车厢
他们把染了血的他的衣服送回来
那年三月，我年少的母亲刚学会普通话

带着一台外祖父留下的留声机嫁到小城
她的火车总是在入夜后开动，临睡前的
音乐课，一张 33 又 1/3 转的黑色唱片
榻榻米上的父亲不停地抽着烟

我们仿佛坐在车厢里一同旅行

我们一定在过隧道时睡着了
火车到站,我们看不见父亲
黑发的母亲坐在窗口
等候下一首悲伤的音乐

他们把流血的弟弟送回来
一把尖刀插在他刺青的腿上
母亲说赶快,赶快收拾好行李
让下一班火车载他到遥远的乡下

她又听到火车从小站开出
清晨的汽笛,黑色的唱片

楼梯

楼梯是穷人的梦

我们梦想一栋跟别人一样的楼房,安定稳固的楼梯
上楼。上楼。上楼
看到全世界的风景

但我们的楼梯是横摆的,低低搁在木头平房的一角
台风来时,搬出来
跟着父亲爬上屋顶,钉补铁皮,钉补门窗

屋漏偏逢连夜雨

我们的梦像屋子里四处放置的脸盆,接着
一滴一滴的水
我们用桌椅垫高自己,把书包挂在竖起来的楼梯顶端

不许沦陷的梦的源头

鞋子

鞋子破了,在泥泞的都市雨夜
一个流浪者在路口摸自己的袜子

鞋子破了,脚湿了
鞋子,感情的邮戳
时间的明信片

寄一张给远方的母亲:
某年某月某日
你洗干净了我的黑球鞋
我上台领奖,发现
穿错了脚

寄一张给梦中的妻子:
那双结婚时穿的红皮鞋
请记得拿出来上油
我喜欢黄昏时路过我们家门口的
晚霞

鞋子破了,在回家的路上

碗

它们在黑暗里静静地躺着
陶的碗,瓷的碗
碗公,盘子,碟子
我随手拿起一张,打开灯
放在桌上:又是一张缺角的碗
吃饭的时候割过我的舌头
喝汤的时候烫过我的嘴唇
七岁那年,我第一次打破你
跟着一地的药水和
满屋子的咳嗽
母亲说:苦,苦才会快好

很快地你又回到桌上
外形、花色没什么大的改变
盛汤圆,盛糯米饭
盛莲子汤,盛冰糖蛋
我分不清那一边是父亲的嘴印
那一边是祖父的
喝酒,碰杯
击鼓,歌唱
很快地你又缺了角
被我,被我的孩子打破在地下

它们在记忆里静静地躺着
新的碗,旧的碗
碗公,盘子,碟子

装过酱油又洗干净
破成碎片又合起来
合起来,在半夜
随着一轮明月回到你的眼前
让你的手抚摸它们
让你的嘴亲近它们
圆圆的,空空的,满满的
像所有的梦

花园

花园,记忆的仓库
不识字的祖父坐在窄屋里等候花开
天黑了,他打开一盏小灯
病而且老

他打开一盏小灯,照亮那些
搬运他睡意的蚂蚁
玉兰花在垃圾桶旁边
过时的月历挂在墙上

他的确种过一些花
清晨的院子,跟着阳光一起绽放的
春的心情
母亲的红椅子在篱笆旁静静亮着

那是我们共有的花园,悬挂在
永恒的时间的回廊
我们携带忧伤漫步其中

把多余的芬芳藏进口袋

如今他的花园更大了
分散在不同颜色的药包里
坐在窄屋里等候天黑
他仿佛闻到了花香

骑士之歌

亲爱的祖母
骑着脚踏车
在天上歌唱
留下两只手镯
像地上的车轮
挂在我的心上

那车轮,旋转成
一只戒指
圈在我女儿
出嫁的手上

有一天
当我也骑着脚踏车
在天上歌唱
她的孩子将摸着
胸前的项链
谅解地,对我微笑

一九九〇·六

墙

它听见我们哭泣
它听见我们低语
它听见我们撕破壁纸
焦急地寻觅离去的亲人的声音
巨大的呼吸,鼾声,咳嗽
而我们从来不曾听见

墙壁有耳
墙壁是沉默的记录者

我们给它铁钉
纪念那些缺席的帽子,钥匙,大衣
我们给它缝隙
容纳那些曲折的爱情,流言,家丑

挂在它上面的是钟
挂在它上面的是镜
挂在它上面的是失去的日子的阴影
凹陷的梦的唇印

我们给它厚度
我们给它重量
我们给它寂静

墙壁有耳

依靠着我们的脆弱巨大地存在

一九九〇·六

亲密书

青春,小教堂的风琴声
周期性地传回
在你刚刚写完信的窗口
遥远而亲切
这街,突然又空阔起来了

突然又明亮起来了
因为一个骑单车的小男孩
他车前的铃铛
因为走过桥头的洗衣妇人
你想起许许多多街角
你转过去,遇见他
你转过去,不见了他

你想起许许多多曾经有过的
生命的角落
小旅店气喘的电风扇
月光下叹息的路灯
开门,关门。站在同样的窗前

站在同样的窗前,像此刻
背对一排半暗的衣橱
你想起一条不怎么难看的围巾
冬天用过,夏天忘掉
你想起围巾像一条歌,而歌

是弯弯曲曲的街道

于是你下楼
准备在街角再遇见他

一九九〇·八

吠月之犬

时间让它的狗咬我们
它咬断我们的袖子,留下两三片
遗忘的破布
我们过街买糖,捡到一条被弃置的手臂
不敢确定是不是该把它投进最近的邮筒
也许正在旅行的我们的父母会在远方的旅店
收到它们
也许它就挂在火车站门口
扩音器每隔五分钟播报一次:
"遗失手臂的旅客请到服务台认领"

我们不相信那些是离散多年的我们的亲友
童年的手帕,作业簿,爱人的
唇膏,胸罩,毕业证书
我们拿起那些掉了一地的玩具
听到它们说痛
月亮像一枚被邮戳模糊了的邮票贴在天空
我们用星光的原子笔写信,寄给上帝
他住在防空洞北边
而两个穿红裙子戴红帽子的飞快车小姐
推着手推车问他要不要买药

而那自然是苦的
但他还是送给我们一幅家庭照
被战争扶养的上校,黑肉鸨母

雄猫姬姬,终身不嫁的老处女阿兰
他们全都在那里,在时间的月台上
对着一只张眼瞪视的吠月之犬
等候与我们重新擦身而过
我们打开集邮簿,半信半疑地翻出
一枚枚似曾相识的叫声
也许这就是他们所说的家庭团圆

一九九〇·十

相逢

在上班的路上
遇到我的母亲
骑着一辆旧脚踏车
在红绿灯前停下

她没有发现我在另一个红绿灯前看她
浅红的洋伞，黑皮包
准备在下班后顺便买菜的菜篮

每天晚上我载着妻女回家吃她煮的晚餐
每天晚上，吃着父亲削的水果，聊天
然后回到我住的地方

我从来没有感觉我们不是住在一起
没有感觉她在一条路上行进
而我在另一条
知道她会在洗完碗筷后洗澡，看电视
知道她会在第二天早上到附近的小学跳舞，慢跑

这个早晨
在逐渐亮起来的天空下
我们隔着十字路口同时等候过街
她站在脚踏车旁准备左转
我坐在汽车上准备左转
左转，到不同的地方

不同眼泪和音乐交会的地方

这个早晨
在这么明亮的故乡的天空下
我们短暂地相逢
而后消失在彼此的后视镜中

一九九一·四

阴影的河流

每日,从我们的茶杯流过
一条阴影的河流
唇印斑驳的地方
是一遍遍消失的
河的两岸
满室的茶香引诱我们睡眠
我们喝的也许是时间
也许是自己
也许是掉进茶杯里的我们的父母

我们在淤塞的杯底捞起
去年的风景
满山的茉莉
纷纷开落的花瓣
我们目视冷却的河水重新沸腾
温暖地溶开逐渐降临的黑暗

然后我们坐在灯笼般亮起的
杯前喝茶,坐在
与梦等高的岸边
等茶水变成河水
等群树开花结果
直到,像我们的父母,我们也化身
成为一粒果实

一朵茶花
逸入阴影的河流

一九九二·二

魔术师

  那一夜,在人潮散去的桥头
  他对我说:"孩子,所有的魔术都是真实的……"

所以那些流云是从他胸前的手帕变出来的
那些奔跑的汽车,那些静止的房子
他舞动一条秘密的河
一条沾满泪水、汗湿,折起来像梦中的鸽子
摊开来像世界地图的白色手帕

他把摊开的手帕铺在地上,摊开又摊开
直到所有的人都坐进来
他说:"魔术是爱,
爱一切短暂、美好,欲拥有
而不能拥有的东西。"
他从手帕里变出一簇玫瑰
用仿佛血管似的管子把自己跟花连在一起
他要我们用刀子刺他的心
"我的心充满爱,
你们用刀子刺我,我的血
将从那些玫瑰身上迸出来。"
我们惊慌地躲避花瓣般四溅的血
发现它们跟果酱一样甜美

他从另一条手帕变出一副扑克牌
说我们全部都在里面

他要我们各选一张牌，牢记号码
再放回去。他说号码是我们的名字
是永恒时间给我们的身份证
他熟练地洗了洗牌，每张纸牌都变成
同样的号码
我们面面相觑，不知道那一张
是真正的自己

他喜欢一切变动的事物
他把整座城市的喷水池藏在袖子里
混合着我们的喜怒哀乐
忽然间喷出乌黑的醋
忽然间喷出鲜红的酒
他知道太阳底下没有新鲜事
所以他选择在月光下表演
那些被他吞进喉咙里的火焰、利剑
终将成为（他打开一张报纸如是宣称）
远方骇人的凶杀案、大屠杀、宗教革命

他要我们仔细看，因为人生，他说
就是一场大魔术：
"只要你们肯相信，手帕也可以变飞毯！"
但有些变化太迅速
我们来不及体会前后的差异
有些变化太缓慢，需要一生一世
才看得出其中的奥秘
沧海据说会变桑田，少女
据说会变老妪

但爱情如何吹醒死灵魂,死灰
如何烧出新生火?

那一夜,在河边的空地上
没有人相信脚下的手帕会载我们飞到远方
而魔术师依旧翻弄他的手帕
一条秘密的河在他的眼里流动

一九九二 · 二

春天

啊,世界
我们的心,又
合法而健康地淫荡起来了

一九九二·三

膀胱

我愈来愈觉得
膀胱是我们的另一颗心
颤巍巍地在醒与睡的边缘
负担我们先前的奢华
当原来的一颗,因白日的喧嚣
夜晚的昏暗,变得疲乏困顿
它,仍然清明地
用一整个水库的水压提醒我们
现实的方向

用一整个水库的重量和我们的梦
玩跷跷板的游戏
把我们从混乱的深渊升举到
晕眩的高度
让意识与潜意识斗争
让罪与罚不安地辩证着
忽高忽低,忽明忽灭
直到,受尽了拷问
我们毅然跃起
向最近的马桶告解
在热烈、短暂的宣泄中
痛陈我们的忏悔

膀胱,下半夜的良知
回头浪子的见证者

一九九二·十一

纪念照：布农雕像

我不知道雕塑加莱市民的罗丹看到他们
会不会要他们站起来。九个布农人
九块顽固的石头,并排坐在分驻所门前
铁链锁住他们的手脚,锁不住他们的灵魂
如果巨斧敲打他们,让他们的头落地,成为
另一块石头,他们的躯干仍将是完整的雕像
矗立在他们自己的土地上。现在,他们坐着
等候审判,等候统治者的手把他们塑成不朽:
伊卡诺社的拉马塔显显和他四个儿子
坑头社的塔罗姆和他三个弟弟(他甚至
击杀了受日本人胁迫前来劝降的他的母亲)
他们的眼睛正视前方,他们的脸庞刻着不同
发音的布农语"庄严":庄严的哀愁
庄严的冷漠,庄严的自由……他们是天生的石头

一九九三·一

注：这张照片是在毛利之俊昭和八年（1933）出版的《东台湾展望》中看到的。昭和七年九月十九日，台东厅里泷支厅发生辖内少数民族击毙大关山驻在所附近桧谷警察两名、警丁一名的事件，日警大力追捕，先查获涉嫌的坑头社强人塔罗姆，后于十二月十九日入深山捕到主事的伊卡诺社头目拉马塔显显及其四个儿子以及塔罗姆的三个弟弟。照片中，九人赤足并坐一列。

为怀旧的虚无主义者而设的贩卖机

        请选择按键

      母奶　　●冷　●热

      浮云　　●大包　　●中包　　●小包

    棉花糖　　●速溶型　　●持久型　　●缠绵型

     白日梦　　●罐装　　●瓶装　　●铝箔装

   炭烧咖啡　　●加乡愁　　●加激情　　●加死亡

明星花露水　　●附虫鸣　　●附鸟叫　　●原味

     安眠药　　●素食　　●非素食

     朦胧诗　　●两片装　　●三片装　　●喷气式

      大麻　　●自由牌　　●和平牌　　●鸦片战争牌

     保险套　　●商业用　　●非商业用

   阴影面纸　　●超薄型　　●透明型　　●防水型

月光原子笔　　●灰色　　●黑色　　●白色

一九九三·一

岛屿边缘

在缩尺一比四千万的世界地图上
我们的岛是一粒不完整的黄纽扣
松落在蓝色的制服上
我的存在如今是一缕比蛛丝还细的
透明的线,穿过面海的我的窗口
用力把岛屿和大海缝在一起

在孤寂的年月的边缘,新的一岁
和旧的一岁交替的缝隙
心思如一册镜书,冷冷地凝结住
时间的波纹
翻阅它,你看到一页页模糊的
过去,在镜面明亮地闪现

另一粒秘密的扣子——
像隐形的录音机,贴在你的胸前
把你的和人类的记忆
重叠地收录、播放
混合着爱与恨,梦与真
苦难与喜悦的录音带

现在,你听到的是
世界的声音
你自己的和所有死者、生者的
心跳。如果你用心呼叫

所有的死者和生者将清楚地
和你说话

在岛屿边缘,在睡眠与
苏醒的交界
我的手握住如针的我的存在
穿过被岛上人民的手磨圆磨亮的
黄纽扣,用力刺入
蓝色制服后面地球的心脏

一九九三·一

小宇宙 I
——现代俳句一百首（选三十）

01　他刷洗他的遥控器
　　用两栋大楼之间
　　渗透出的月光

06　快速而下行的滑奏：
　　有人在我童年的窗口
　　放了一把梯子

14　我等候，我渴望你：
　　一粒骰子在夜的空碗里
　　企图转出第七面

16　秋风中有人——
　　我是说，秋风中有人看到说
　　秋风中有人

18　寂寥冬日里的重大
　　事件：一块耳屎
　　掉落在书桌上

21　眼泪像珍珠，不，眼泪像
　　银币，不，眼泪像
　　松落后还要缝回去的纽扣

26　用杯子喝你倒的茶
　　用杯子喝从你指间流下的
　　春的寒意

29　向死亡致敬的分列式：
　　散步的鞋子工作的鞋子睡眠的
　　鞋子舞蹈的鞋子……

30　每一条街是一条口香糖
　　反复咀嚼，但
　　不要一次吃光

38　寒冷如铁的夜里
　　互相撞击、取火的
　　肉体的敲打乐

48　除了床，我们还能选择
　　什么样的潜水艇
　　自现实的大海潜入梦境？

49　所有夜晚的忧伤都要在白日
　　转成金黄的稻穗，等候
　　另一个忧伤的夜晚收割

51　云雾小孩的九九乘法表：
　　山乘山等于树，山乘树等于
　　我，山乘我等于虚无……

52　天空用海漱口，吐出白日的
　　云朵；夜用星漱口
　　吐出你家门前的萤火虫

53　回力球般急旋入梦，反弹
　　复反弹的
　　深夜的狗吠

55　邮票正贴：
　　我想贴的是一小块你喜欢吃的
　　蛋糕，或者嘴唇

56　在你颈际闪耀着的是
　　我的目光串成的
　　一条项链

57　蛋：最优美的梦的
　　造型；不忍戳破的
　　冥想的子宫

62　"草和铁锈谁跑得更快？"
　　春雨后，废弃的铁道旁
　　有人问我

63　在不断打破世界记录之后
　　我们孤寂的铅球选手，一举
　　把自己的头掷出去

64　头盖大对奖：
　　集满"生老病死"四字
　　兑换最新恋爱指南一册

66　一颗痣因肉体的白
　　成为一座岛：我想念
　　你衣服里波光万顷的海

67　静默的豆浆：日复一日
　　从我的碗流到我的体内的
　　空白的音乐

76　凉鞋走四季：你看到——
　　踏过黑板、灰尘，我的两只脚
　　写的自由诗吗？

86　我是人
　　我是幽暗天地中
　　用完即丢弃的一粒打火机

90　激烈的爱带来的愉快的伤亡：
　　我流失了五箱葡萄柚的汗汁
　　你折断了二十一根头发

91　我喜欢你留下来的购物袋：
　　我用它装新写好的俳句，柠檬饼
　　雨后山色

95　死硬派的软体动物：
　　寄居在裤裆里，不时出来示威
　　逞强的一只无壳蜗牛

97　婚姻物语：一个衣柜的寂寞加
　　一个衣柜的寂寞等于
　　一个衣柜的寂寞

100　到哪里找合适的扑满
　　　存放那些正面白日背面黑夜的
　　　时间的硬币？

一九九三

辑三：1993—2004

秋歌

当亲爱的神用突然的死
测验我们对世界的忠贞
我们正坐在夏天与秋天尾巴结成的秋千
企图荡过一堵倾斜了的经验的墙
向迎面而来的风借一只别针

而如果突然,我们紧握住的手
在暮色中松开了
我们势必要抓住奔跑中的平原的身体
向无边界的远方大声说出我们的
颜色,气味,形状

像一棵用抽象的存在留下签名的树
我们陆续解下树叶与树叶的衣裳
解下过重的喜悦,欲望,思想
成为一只单纯的风筝
别在所爱的人的胸前

一只单纯而美的昆虫别针
在黑暗的梦里翻飞
在抽走泪水与耳语的记忆里攀爬
直到,再一次,我们发现爱的光与
孤寂的光等轻,而漫漫长日,只是

漫漫长夜的孪生兄弟

我们于是更甘心坐在夏天与秋天
交尾而成的秋千上，甘心修补
一堵倾圮了的感情的墙
当亲爱的神用突然的死
测验我们对世界的忠贞

一九九三·九

一茶

于是我知道
什么叫做一杯茶的时间

在拥挤嘈杂的车站大楼
等候逾时未至的那人
在冬日的苦寒中出现
一杯小心端过来的,满满的
热茶
小心地加上糖,加上奶
轻轻搅拌
轻轻啜饮

你随手翻开行囊中
那本短小的一茶俳句集:
"露珠的世界;然而
在露珠里——争吵……"
这嘈杂的车站是露珠里的
露珠,滴在
愈饮愈深的奶茶里

一杯茶
由热而温而凉
一些心事
由诗而梦而人生
如果在古代——

在章回小说或武侠小说的
世界——
那是在一盏茶的工夫
侠客拔刀歼灭围袭的恶徒
英雄销魂颠倒于美人帐前

而时间在现代变了速
约莫过了半盏茶的工夫
你已经喝光一杯金香奶茶
一杯茶
由近而远而虚无
久候的那人姗姗来到
问你要不要再来一杯茶

一九九三·十二

绝情书

1

还给你地图一幅
等高线等温线等压线线条依旧
多的是蓝色水面上几点泪的礁岛
少的是四目相交的航线
输运瓜果的御道
风无恙
云无恙
我无恙
从今以后,莫再说
山无陵江水为竭
冬雷震震夏雨雪

乃敢与君绝

2

还给你毛巾一条
热水洗过熨斗烫过
高温消毒过
存放在里头的你的体味
已悉数移入时间银行中
你的帐下
勿担忧感情的细菌会黏附其上
我心持平

平如信用卡
若要索取旧爱新怨的利息
请直接向午夜的星空

3

还给你托福字汇捷进一册
不要再考我陌生的字首字尾字根
ambi-是两面，-valence 是价值
mal-是恶，-volence 是意图
我对你的好意没有恶意
但有些事情往往暧昧而让人
心理矛盾
sym-是同，-pathy 是情
a-是无关，-moral 是道德
多单纯而好记啊
但我要的不是字汇，不是托福
我要的是落实的幸福
落实是 real，幸福是 happiness

4

还给你米达尺一根
勿复用你花巧的嘴唇丈量我的身体
失之毫厘，谬以千里
勿复用你粗暴的两手揣摩我的方寸
你可以用星光的亮度测量我们躺过的
水田的面积
你可以用吊灯的斜度测量我们引发的
地震的灾情

但不要用形而下的事物测试
形而上的问题
我对你的爱不受规范
我对你的爱只能用心衡量

一九九四·五

晨间蓝

在黑夜的白与白日的黑之间
你慈悲地给我晨间的蓝
辗转不可得的你的蓝内衣
随风扬起的你的蓝发带

你慈悲地给我忧郁的色块
掩盖一夜无眠的心的空白
你慈悲地给我潮湿的灵魂
溶化接踵而至的白日的黑暗

你是一只蓝色的羊
反复奔跑于梦的边境
用蓝色、多毛的阴影抵触我的思想
压迫我的呼吸
让我渴望你的蓝眼圈
让我期盼你的蓝舌头

在一吞一吐间迸裂的蓝海浪
让我在潮退的沙滩
捡拾你遗落的蓝项链
圈集你流失的蓝乳晕

让我用仅存的你的唾液为海
为地中海
在白日与黑夜巨大的陆块间

守护一线蔚蓝海岸

啊,邪恶的女神,晨间的主

一九九四·七

夜间鱼

在夜间,我变成了一条鱼
一个因一无所有突然富有、自由起来的
两栖类

虚无?是的
虚无一如浩瀚的太空
我泅游在比你的阴道还湿还黑的夜里
像一个四海为家的人

是的,宇宙是我的城市
从我们任何一座市立游泳池往下望
欧罗巴只不过是一块干瘪的猪肉
而亚细亚正像是臭水沟旁的破茶碗

去装你们的甜蜜亲情吧
装你们伦理、道德的白开水
装你们隔天换一次的洗澡水

我是一个一无所有又一无所惧的
两栖类
栖息在浩瀚的宇宙
栖息在你日日夜夜的梦里

一个栉风沐雨的沐浴者

大条大条地游过你的天空
游过你无所逃遁的生生死死

你还要夸耀你的自由吗?

来吧,体认一条鱼
体认一条,因你的弃绝,突然富有
自由起来的太空鱼

一九九四·七

一首因爱困在输入时按错键的情诗

亲碍的,我发誓对你终贞
我想念我们一起肚过的那些夜碗
那些充瞒喜悦、欢勒、揉情秘意的
牲华之夜
我想念我们一起淫咏过的那些湿歌
那些生鸡勃勃的意象
在每一个蔓肠如今夜的夜里
带给我饥渴又充食的感觉

侵爱的,我对你的爱永远不便
任肉水三千,我只取一嫖饮
我不响要离开你
不响要你兽性搔扰
我们的爱是纯啐的,是捷净的
如绿色直物,行光合作用
在日光月光下不眠不羞地交合

我们的爱是神剩的

一九九四·八

腹语课

恶勿物务误悟钨坞鹙荇恶岰蘁甂瘍逜垭芴
軋朾麩鹙垩汋迲邋鎏砎籵阰靰焙彪焧抁屼
（我是温柔的……）
屼抁焧彪焙靰阰籵砎鎏邋迲汋垩鹙麩朾軋
芴垭逜瘍甂蘁岰恶荇鹙坞钨悟误务物勿恶
（我是温柔的……）

恶饿俄鄂厄遏锷扼鳄蘁餰崞蛋搞圙軶貀貀
颚呃愕罿軛陁鹗垩谔虴硜砐櫃鑢屼垮柅腭
萼咢哑崿搤詻囵頯堨堨頯囵詻搤崿哑咢萼
腭柅垮屼鑢櫃砐硜虴谔垩鹗陁軛罿愕呃颚
貀貀軶圙搞蛋崞餰蘁鳄扼锷遏厄鄂俄饿（
而且善良……）

一九九四·十

走索者

如今我接续的是,掉在空中,你们的笑声
你们的笑声。透过隐隐颤抖的网
如果丢过来的是一个比屋顶还大的球呢?
那会使你们突然忧郁起来吗?
一个像地球一样的球,把没有拴紧的岛屿,湖泊
(像松了螺丝钉的独轮车)倾倒在你的脸上

那些紫黑的瘀伤是与山脉的碰撞
比铁轮还坚硬的形而上的山脉
形而上的负担,焦虑,形而上的美感……
而所谓美感,对于在空中颤抖的我
也许只是忍住喷嚏,忍住痒,继续
把头仰起来

同时辗过来的是所有大陆与次大陆的
笑话系统,河流般交织于你的体内
不大好笑的笑话:黑色幽默,白色恐怖
红色的血液。红色,因为你曾经为所爱的女子
脸红心跳过(你自然更无法忘记因为嫉妒
因为愤怒,因为爱所引起的恨,引发的
鲜红的血液……)而你只是一个走索者
一个行走于地球,又不甘心只是行走于地球的
走索者

如今我接续的是离去的马戏团留下的

主题：时间，爱情，死亡，孤独，信仰
梦。你就这样把包裹摊开在满屋子静默的
观众前面吗？哄堂大笑后突然严肃的时刻
你只是把地球的内脏掏出来，擦拭，重组
那些让世界移动，让阳光跳跃，让雌性与
雄性动物达到高潮的零件……
他们甚至不知道你为什么停在那里
停在那里（忍住喷嚏，忍住痒）
一只没有羽翼，原地翻筋斗的蝴蝶

所以你在空中颤抖。战战兢兢地在
悬空的绳索上构筑玩笑的花园
战战兢兢地走过地球，撑起
浮生
以一支倾斜的竹竿
以一支虚构的笔

一九九五·三

"福尔摩沙"·一六六一

我一直以为我们是住在牛皮之上
虽然上帝已经让我把我的血,尿
大便,和这块土地混在一起
用十五匹布换牛皮大之地?
土人们岂知道牛皮可以被剪成
一条一条,像无所不在的上帝的
灵,把整个大员岛,把整个
"福尔摩沙"围起来。我喜欢鹿肉的
滋味,我喜欢蔗糖、香蕉,我喜欢
东印度公司运回荷兰的生丝
上帝的灵像生丝,光滑,圣洁
照耀那些每日到少年学校学习拼字
书法,祈祷与教义问答的目加溜湾
与大目降少年。主啊,我听到他们
说的荷兰语有鹿肉的味道(一如我
在讲道中不时吐出的西底雅语)
主啊,在他里雾,我使已婚女子及
少女十五人能为主祷告并会使徒信条
十诫及餐前餐后之祈祷,在麻豆使
已婚年轻男子及未婚男子七十二人能
为各种祈祷,并会圣教要理,且阅读
亦藉宗教问答之恳切教授与说教,开始
增广其知识——啊,知识像一张牛皮
可以折叠起来放在旅行袋,从鹿特丹
旅行到巴达维亚,从巴达维亚旅行到

这亚热带的小岛翻开成为吾王陛下的田
上帝的国,一条一条剪成二十五戈
东西南北绕出一甲绕出三张犁五张犁

在热兰遮街,公秤所,税务所与戏院
之间,我看到它飘扬如一面旗,遥遥
与普罗岷西亚城相微笑。啊知识
带给人喜悦,一如好的饮食,繁富的
香料(我但愿他们知道怎么煮荷兰豆)
柑大于橘,肉酸皮苦,但他们不知道
夏月饮水,取此和盐,捣作酸浆入之
其滋味有甚于闺房之乐者。在诸罗山
我使已婚年轻女子三十人能为各种祈祷
并会简化要项,在新港,使已婚男女
一百零二人能阅读亦能书写(啊,我
感觉那些用罗马拼音写成的土著语圣经
有一种用欧罗巴姜料理鹿肉的美味)
华浦兰语传道书,西底雅语马太福音
文明与原始的婚媾,让上帝的灵入
"福尔摩沙"的肉——或者,让"福尔摩沙"的
鹿肉入我的胃入我的脾,成为我的血尿
大便,成为我的灵。我一直以为我们是
住在牛皮之上,虽然那些拿着钺斧大刀
乘着戎克船夹板船前来的中国军队
企图要用另一张更大的牛皮覆盖在
我们之上。上帝已经让我把我的血
尿,大便,像字母般,和土人们的
混在一起,印在这块土地

我但愿他们知道这张包着新的拼音
文字的牛皮可以剪成一条一条，翻成
一页一页，负载声音颜色形象气味
和上帝的灵一样宽阔的辞典

一九九五·四

注：目加溜湾，大目降，他里雾等皆台湾平埔族群社名。西底雅语，华浦兰语皆平埔族语（西底雅即西拉雅）。热兰遮街为荷据时期（1624—1662）荷兰人在大员岛（今台南安平）所建之市街。普罗岷西亚城（在今之台南赤崁楼）亦为荷兰人所建。据说当初荷兰人以十五匹布向少数民族求借牛皮大之地，许之，乃"剪皮为缕，周围里许"（连横：《台湾通史》）。戈为荷人计量单位，等于一丈二尺五寸，四边各二十五戈为一甲，五甲为一张犁。关于荷兰教士在台传教之描述，参阅〈台湾基督教教化关系史料〉（附录于《巴达维亚城日记》第三册，村上直次郎日译，程大学中译，台北，1991）。

岛屿飞行

我听到他们齐声对我呼叫
"珂珂尔宝,赶快下来
你迟到了!"
那些站着、坐着、蹲着
差一点叫不出他们名字的
童年友伴

他们在那里集合
聚合在我相机的视窗里
如一张袖珍地图:

马比杉山　卡那岗山　基宁堡山
西基南山　塔乌赛山　比林山
罗笃浮山　苏华沙鲁山　锻炼山
西拉克山　哇赫鲁山　锥麓山
鲁翁山　可巴洋山　托莫湾山
黑岩山　卡拉宝山　科兰山
托宝阁山　巴托鲁山　三巴拉岗山
巴都兰山　七脚川山　加礼宛山
巴沙湾山　可乐派西山　盐寮坑山
牡丹山　原莟脑山　米栈山
马里山　初见山　番薯寮坑山
乐嘉山　大观山　加路兰山
王武塔山　森阪山　加里洞山
那实答山　马锡山　马亚须山

马猴宛山　加笼笼山　马拉罗翁山
阿巴拉山　拔子山　丁子漏山
阿屄那来山　八里湾山　姑律山
与实骨丹山　打落马山　猫公山
内岭尔山　打马燕山　大矶山
烈克泥山　沙武峦山　苓子济山
食禄间山　仑布山　马太林山
卡西巴南山　巴里香山　麻汝兰山
马西山　马富兰山　猛子兰山
太鲁那斯山　那那德克山　大鲁木山
美亚珊山　伊波克山　阿波兰山
埃西拉山　打训山　鲁仑山
赛珂山　　　　大里仙山
巴兰沙克山　班甲山　那母岸山
包沙克山　苓苓园山　马加禄山
石壁山　依苏刚山　成广澳山
无乐散山　沙沙美山　马里旺山
网绸山　丹那山　龟鉴山

一九九五·四

注：珂珂尔宝，山名，属台湾中央山脉三叉山支脉，在花莲县境内。

小城

他们住在这里。一些风，一些
云。一条街和另一条相逢，交叉
成十字。他们过街捡回被风
吹远了的树影，连同刚擦亮的
心情，一起拴在门柱上。十字
和十字连结成方格，一块一块
仿佛在棋盘上。他们种田，捕鱼
打铁，狩猎。相三进五。马2
进4。炮六平三。车8进1
他们遇见另外一些他们。抱布
贸丝，投桃报李。吹远了的树影
有些和另外一些树影结成亲家
有些落在更远的池塘里，成为
死亡。一条溪从山下出发，穿过
棋盘，挟带草色虫鸣，奔流入海
溪水和海水冲击成萦回状，让
观棋不语的他们惊呼：啊，洄澜！

啊，洄澜！他们的名字。溢出
棋盘外的生命波浪，低限而灿烂
在最高处坠毁，化做周而复始的
印象音乐，反复镂刻，转动棋盘
如唱盘。一条街和另一条相逢
交叉成十字。他们过街捡回被
地震震出锅外的鱼，连同刚刚

擦亮的门牌，一起钉在门柱上
十字和十字连结成方格，一块
一块，仿佛在棋盘上。他们散步
饮茶，拔牙，做爱。包5进2
偶四退六。卒7进1。兵二平三
一条溪穿过棋盘，奔流入海
像唱针在唱片上循轨演奏。那些
偶然进出的杂音是被风吹远了的
树影。被另外一些他们捡回
送还给他们。他们住在这里

一九九五·四

注："洄澜"是我的家乡花莲旧名之一，据《花莲县志》卷二，"昔人称今之花莲溪右岸曰洄澜港，简称洄澜，以溪水奔注与海浪冲击作萦回状得名，惟起自何时不可考。"

战争交响曲

兵兵兵兵兵兵兵兵兵兵兵兵兵兵兵兵兵兵
兵兵兵兵兵兵兵兵兵兵兵兵兵兵兵兵兵兵
兵兵兵兵兵兵兵兵兵兵兵兵兵兵兵兵兵兵
兵兵兵兵兵兵兵兵兵兵兵兵兵兵兵兵兵兵
兵兵兵兵兵兵兵兵兵兵兵兵兵兵兵兵兵兵
兵兵兵兵兵兵兵兵兵兵兵兵兵兵兵兵兵兵
兵兵兵兵兵兵兵兵兵兵兵兵兵兵兵兵兵兵
兵兵兵兵兵兵兵兵兵兵兵兵兵兵兵兵兵兵
兵兵兵兵兵兵兵兵兵兵兵兵兵兵兵兵兵兵
兵兵兵兵兵兵兵兵兵兵兵兵兵兵兵兵兵兵
兵兵兵兵兵兵兵兵兵兵兵兵兵兵兵兵兵兵
兵兵兵兵兵兵兵兵兵兵兵兵兵兵兵兵兵兵
兵兵兵兵兵兵兵兵兵兵兵兵兵兵兵兵兵兵
兵兵兵兵兵兵兵兵兵兵兵兵兵兵兵兵兵兵

兵兵兵兵兵乓兵兵兵兵兵兵兵兵兵兵兵乓
兵兵兵兵兵兵兵兵乓兵兵乓兵兵乓兵兵乓
乒乒兵兵乓乓乒乒兵乓乒兵乓乒兵乓乒兵
乒乒乒乓乓乒乒乓乒乓乒乓乒乓乒乓乒乓
乒乓乒乓乒乓乒乓乒乓乒乓乒乓乒乓乒乓
乒乓乒乓乒乓乒乓乒乓乒乓乒乓乒乓乒乓
乒乒乓乓乒乓乓乒乓乒乓乒乓乒乓乒乓乒
乒乒乒乓乓乒乓乒乒乓乓乒乓乒乓乒乓乒
乒乒乓乓乓乓乒乓乒乓乒乒乒乓乓乒乓乒
乒乓乒乓乓乒乓乒乓乒乓乒乓乒乓乒乓乒
乒乒乓乒乓乓乒乓乒乓乒乓乒乓乒乓乒乒
乒乒乓乓乒乓乒乓乒乒乒乒乒   乒乒乒
乒乒 乒乒乒乒 乒乒   乒乒   乒乒
乒乒   乒乒 乒 乒   乒乒乓   乒
   乒乒   乒   乒乒   乒   乒乓   乒
乒   乒乒   乒乒   乒   乒乓
    乒   乒   乒   乒
        乒   乒

丘丘丘丘丘丘丘丘丘丘丘丘丘丘丘丘丘丘丘
丘丘丘丘丘丘丘丘丘丘丘丘丘丘丘丘丘丘丘
丘丘丘丘丘丘丘丘丘丘丘丘丘丘丘丘丘丘丘
丘丘丘丘丘丘丘丘丘丘丘丘丘丘丘丘丘丘丘
丘丘丘丘丘丘丘丘丘丘丘丘丘丘丘丘丘丘丘
丘丘丘丘丘丘丘丘丘丘丘丘丘丘丘丘丘丘丘
丘丘丘丘丘丘丘丘丘丘丘丘丘丘丘丘丘丘丘
丘丘丘丘丘丘丘丘丘丘丘丘丘丘丘丘丘丘丘
丘丘丘丘丘丘丘丘丘丘丘丘丘丘丘丘丘丘丘
丘丘丘丘丘丘丘丘丘丘丘丘丘丘丘丘丘丘丘
丘丘丘丘丘丘丘丘丘丘丘丘丘丘丘丘丘丘丘
丘丘丘丘丘丘丘丘丘丘丘丘丘丘丘丘丘丘丘
丘丘丘丘丘丘丘丘丘丘丘丘丘丘丘丘丘丘丘
丘丘丘丘丘丘丘丘丘丘丘丘丘丘丘丘丘丘丘
丘丘丘丘丘丘丘丘丘丘丘丘丘丘丘丘丘丘丘
丘丘丘丘丘丘丘丘丘丘丘丘丘丘丘丘丘丘丘
丘丘丘丘丘丘丘丘丘丘丘丘丘丘丘丘丘丘丘

——一九九五·七

家具音乐

我在椅子上看书
我在桌子上写字
我在地板上睡觉
我在衣柜旁做梦

我在春天喝水
(杯子在厨房的架子上)
我在夏天喝水
(杯子在厨房的架子上)
我在秋天喝水
(杯子在厨房的架子上)
我在冬天喝水
(杯子在厨房的架子上)

我打开窗户看书
我打开桌灯写字
我拉上窗帘睡觉
我醒来在房间里面

在房间里面是椅子
和椅子的梦
在房间里面是桌子
和桌子的梦
在房间里面是地板
和地板的梦

在房间里面是衣柜
和衣柜的梦

在我听到的歌里
在我说的话里
在我喝的水里
在我留下的沉默里

一九九五・七

齿轮经

父啊,我们
的一生是如此
如此吃力地
旋转,咬牙
切齿的一组
齿轮,以你
为中心,以
夜为中心
无止尽啮合
坠落的行星
系住我们的是
深不可测的
恐惧,是无所
不在的黑暗的
挑衅,永恒的
机械构件
被他物带动
复带动他物
绞不断的伦理
道德激情愤怒
父啊,我们在
宇宙旅行
严酷硬边的
金属家庭
以牙还牙,龈

龈齾齼，周旋
于虚无，用
卑微的身躯
摩擦生热互相
取暖的寂寞的
刺猬，包容
我们的龃龉
齮齕，包容
我们每日小小
的，龌龊的
倾轧钻营
无止尽的
啮合坠落
不能不齿的
生命共同体
父啊，我们是
沉默的磨坊
在时间的牢狱
运转，周而
复始推石磨石
的西西弗斯
磨欲望，磨
苦恼，磨出
点点神秘
狂喜的粉末的
星光，让死亡
晕眩的海洛因
让夜颤栗的

恶之华,如此
吃力地啮合
旋转,因为
父啊,他们将
循光看见
我们世袭的
灵魂的花园

一九九五·七

三首寻找作曲家／演唱家的诗

1 星夜

营业中·················
  ················
  ················
  ················

每一家天国的小钢珠店··············

2 吹过平原的风

(嘘——);

(嘘— —   )   ;

　　　　　⌒

　　　虚
　　　　　·
　　　口
　　　　　　　　　　　,　　　　　⌒
　　　　　　　　　(

3　雪上足印

%
　　%
　　　%

　　　　%
　　　·
　　·

一九九五·七

旧雪（十首选四）

对话——给大江光

在指挥家小泽六十岁生日音乐会上，听到小说家大江智力障碍的儿子二重奏的新作。俄裔流亡的年老的大提琴家，阿根廷裔明艳的女钢琴家。他们在对话。阴影如何编织桂冠，缺憾如何包容花容。生命的土石云雨，文字与音乐的光。在时间的河流上飞行，飘飘何所似。放逐，回归，悬宕，解决。C弦与染色体，痛苦与爱。在我的右声道故障以至于回放时杂音不断的录像机上。我清楚地听见微风吹过岸上的细草，星垂于忽然宽阔起来的我的胸脯。在午后的，孤独的跨国旅行里，欣然亮出老病的前辈旅行者千年前发出的护照：

月涌大江流。

黑羊

高中没读完就在外游荡的小弟是三兄弟中的黑羊，虽然他腿上刺了一条青龙而他的心和母亲一样柔弱。一辈子骑脚踏车上下班的母亲一辈子都在还债。她一直希望她最小的儿子能回到正途。在为他买过几次摩托车、汽车最后都不见了以后，她又瞒着我为他借钱买了一辆汽车。那是一辆白色的汽车，白得如同冬日的晨雾。那一天早晨，我回到上海街，看到她拿着一块抹布，偷偷走近停在路旁的白色汽车，仿佛想要把一只黑色的羊擦成白色般，用力，轻轻地擦拭着车身。她不断地擦。因为，她知道，白色的汽车也许很快就要不见，而她必须在黑羊睡醒之前赶快给他缝上白皮。

晚风

我清楚地记得她的名字叫李晚。那是从她葬礼上的布条看到的。那年我十一岁。跟着一大群人从面海的海滨街缓缓走到市区大街上。午后的日头炽热地晒着送葬的队伍。然而在隔了三十年之后，我想到的居然是习习的晚风，宜人的，舒爽的，从傍晚的海上吹来。她活着的时候我从来没想到除了"阿祖"外，她应该有个名字。我所能记住跟她有关的唯一的事是小学三、四年级的一个下午，老师说提早放学，回家跟爸妈拿钱，全校到文明戏院包场看电影。我回家，在幽暗的厨房找到七十几岁的阿祖，她停下工作，从衣服里面的口袋取出一团布，又从包了又包的布里拿出一枚一块钱硬币。我早忘了那天演的是什么电影，但我清楚地记得那枚硬币，它在我进场时，"扣"一声沉入收票小姐的木箱里。但它并未消失，相反的，秘密地在时间的银行里储蓄着——一笔被遗忘的款项，在许多年后带着滋生的利息，闪亮地被忆起。我突然领悟到她是家族中最坚毅，勇敢而洁净的女人。在她生命的最后几年，她选择了跟她子女都不一样的宗教信仰，一如年轻时候，她选择背弃不能人道的她富家子弟的丈夫，在外面生下我的祖母和她的兄弟。九岁以前一直被她照顾着的我，在从海边吹来的风里感觉到一种孤独的叛逆的快感。

梳子

用我的梳子梳你的头发，我的梳子用时光做成。
用你的头发洗我的梳子，你的头发融旧雪为春。

一九九六·二

蝴蝶风

"南半球蝴蝶一万只翅膀的拍动,造成
北回归线附近被爱追逐又背弃爱的女子
夏日午梦的台风……"这些句子,我在你
房间梳妆台上一本有彩色插图的气象学书上读到
啊,有着金属墙壁,玻璃地板,我一度走进过
而后丢失了钥匙,不得其门而入的
记忆的楼阁。你用深蓝的眉笔在书上画下
重点:"这些蝴蝶以情诗为主食,特别是
哀伤的,无法一口下咽的,需要反复咀嚼的……"

我反复思索重新到达你的途径:把昨日分尸
吊起如一只蜘蛛飘浮在你住的高楼外?或者通过
一张张蝴蝶邮票的飞行把渴望和绝望的包裹空投到
你的门口?你光滑,紧闭的金属墙壁,让每一只
试图攀附,接近你的我思想的爬虫失足,坠楼

我于是期待南半球蝴蝶翅膀的拍动,造成你夏日
午梦的台风,让那些被哀伤秘密发行的蝶影
拍打,撞击你心的门窗。让尚未被完全消化的
诗中的一个问号,一个逗点,像小小的螺丝起子
启动你的回忆,松开你床头那瓶旧香水瓶的
瓶塞,让你重新听到储藏在里头我们一同
听过的虫鸣,狗吠,掉了鼻子的小丑的歌唱
让你重新闻到储藏在里头我们一同滚出的汗味,泥香:
深深的湖底无法被阻绝的夏夜的对话

如今我们的心已遥如两极，虽然我的眼睛
始终如图钉钉视着地图上你所在的经纬度
我只能写一首诗，一首哀伤的诗，让南半球蝴蝶争食
让它们拍动一万只翅膀造成北回归线附近
高楼金属墙壁后面的你，夏日午梦的台风

一九九六·四

夜歌

你睡梦的飞行伞在降落时
因他人的不义,突然失速转向
搁浅在湖中岛上的树梢

你呼叫童年的风景前来解围
父亲给你一支棒棒糖(坚硬如
树干顶住你的身体)
儿童节的汽球如幸福缠在戏院门口的电线杆
(一粒药,后来,曾经带你到那样的高度)
康乐队弱音小喇叭颤抖地说没有罪没有罪
隔壁的太太和她先生把客厅的灯关了
洗过的紫色胸罩在屋檐下滴水

你搁浅在被孤独与欲望包围的小岛
还有夜,还有无边的记忆和羞辱
还有我在冷漠的大陆无力地看你

如何把一朵伞变成一支棉花糖
如何把一双拖鞋变成一对翅膀
起码在今夜,在找不到钥匙打开身体内
身体的这个夜晚
让鞒鞯的铁在发间开花
让逃出字典,彻夜追逐你的废字、咒语
回到它们的部首

啊，爱人
松开你的飞行伞
人性地在我不义的臂弯
纵使世界的狗在吠
嫉妒你煮过又煮过的泪
如果爱使黑夜的锅变深
如果爱使恨变重
有我单调的歌像车推过
装卸你的灵与肉

一九九六·九

猫对镜

我的猫从桌上的书中跃进镜里
它是一只用胶彩画成的猫
被二十世纪初年某位闺秀的手
在一位对窗吹笛的仕女脚旁
我把书阖上,按时还给图书馆
而它依旧在镜里,在我的墙上

有时我听见笛声从镜中流出
夹杂着月琴和车轮的声音
那朱红的小口未曾因久吹剥落
唇膏(我猜想时间的灰尘模糊了
那些旋律)我轻擦镜面,看到
蜷卧的猫打了个呵欠,站起身来

它依旧在画里活动,在音乐与
音乐间睡眠,沉思,偶而穿过
画面偷听隔壁房间我十一岁女儿
与她同学们的对话。它甚至看到
她们揽镜互照,讨论化妆品的
品牌,手排车与自排车的优劣

它一定在她们手上的镜子里
瞥见了自己,慵懒,然而依旧
年轻,寄住在我书房一角墙上的
镜里,瞥见镜子外面坐在桌前

阅读写字的我,并且好奇什么
时候,我再摊开一本书,一张纸

让它跳回桌上

一九九七·三

快速机器上的短暂旅行

穿过夏蝉的鸣叫

我们刚刚遇到海

枫树之浪

雪

黑
夜

一九九七·七

构成

我豢养一个空间
用寂寞，用呼吸
两三个宝特瓶在地上
一条洗过的橘色内裤
在不锈钢条上滴　滴

我豢养橘子的气味
洗发精。滑翔翼

我豢养一个小写的单字
veronica：印有耶稣圣容之
布；一种斗牛的姿势（
斗牛士双足保持静止，同时将
所持之布徐徐转离攻击之牛）

我豢养挂着一条黑牛仔裤
一件蓝T恤的衣橱

我豢养一台等待输入海
以及波的罗列的手提电脑

我豢养一道缝隙：
隔离我和世界
通向悬在脐下的你的人间

我豢养一个最新、最小的汗国
迂回、庞杂的盗汗史

一九九八·一

音乐

一个女儿
三十年后
回想这些：
她的父亲
开车载她
一同上学
她在后座
听他放的
音乐（
常常是她
正在苦练
的一些）
偶而夹杂
他清喉咙
的声音

三十年后
反复弹奏
这些曲子
偶然闪现
错误音符
让她觉得
似乎也是
可接受之
一种美

像她父亲
一生显现的
演奏样式:
背德,出轨
在漫长的
严峻人生

一九九八·三

在岛上

1

百步蛇偷走了我的项链和歌声
我要越过山头向他要回来
但妈妈,你看
他把我的项链拆碎,丢向溪谷
成为一整夜流动的星光
他把我的歌声压缩成一颗眼泪
滴在黑长尾雉沉默的尾羽

2

我们的独木舟从神话的海洋漂流到今夜的沙滩
我们的独木舟,哥哥,跟着这一行字,重新登陆了

3

一只苍蝇飞到女神脐下湿黏的捕蝇纸。
像白日轻槌黑夜
亲爱的祖先,用你股间不曾用过的新石器轻轻槌它

4

我们不是死去,我们是老去
我们不是老去,我们是变化羽毛
像大海抽换它的被单
在古老又年轻的石头的摇篮

5

他的钓竿是七彩的虹
从天上缓缓弯下
垂钓每一尾游泳的梦

啊,他的钓竿是七彩的弓
瞄向每一尾从潜意识飞出的黑白的鱼

6

因为地底下蜜蜂的振动
我们有地震。然而地震
也可以是甜蜜的,如果
一点点蜂蜜从板块的
缝隙流出,从心的缝隙

7

她背着弟弟站在石头上歌唱
听到歌声的神把她接到天上

但她想吃小米,向父亲
要了三粒带到天上播种

"你们听到雷声,就想想
我正在捣米"

我们看到闪电,就想想
她又把思念捣裂了

8

未曾被欲望打开的她的身体
是没有门窗的水泥房间

"在我的墙壁上钻打出缝孔,妈妈
无数跳蚤正急切地想冲出黑暗时代
冲出我柔软鼓起的'呵呵屄兮'
领受光的洗礼"

9

巨人哈鲁斯胯下藏着一座活动的捷运系统
他长八公里的阴茎是最富弹性的高架桥
跨过急流的溪谷,跨过山脉
从希卡瑶社伸到皮安南社
享受交通快感的美丽女子啊,小心
他的皮桥突然转向
进入你阴暗的隧道

10

白日太长,夜太短
死亡的幽谷太远太远
亲爱的姊妹,把芋头田
留给男人,把汗留给自己
让我们把除草工具放在头上当角
变成山羊,在树荫下纳凉

你是一只山羊

我是一只山羊
远离男人,远离工作
在树荫下一起嬉戏,纳凉

一九九八・三

注:(1)黑长尾雉是太鲁阁峡谷公园区见到的台湾特有珍禽。(2)阿美人的起源,传说大洪水把一对乘独木舟逃难的兄妹漂流到台湾东部海岸。(3)泰雅人创世神话谓太古有男女二神,本不知男女之道,因一只苍蝇停在女神私处,方恍然大悟(阿美人亦有类似神话)。(4)赛夏人传说谓人老了只要剥掉外皮即可恢复年轻。(5)阿美人神话谓虹乃射日猎人阿德格的七彩钓竿变成。(6)阿美人传说谓地震的起源乃古时住在地上之人诈以蜜蜂装入麻袋当做物品与地下之人交易而致。(7)排湾人神话有女孩背着弟弟在石上歌唱为神所怜而飞上天的故事。(8)布农人传说谓古时有一美少女,阴部(hahabisi)只有稍微鼓起的部位而无缝孔,其母持刀将其割开,从中跃出无数跳蚤。(9)泰雅人传说谓有巨人哈鲁斯,阴茎特长,遇河水泛滥,伸之为桥,让人渡过,见美女,色欲辄起。(10)卑南人传说谓古代有两位要好的女孩,至山上芋头田做工,因天气热,纳凉树荫下,觉得非常好,遂将除草用具置头上当角,变成山羊。参阅林道生《台湾"原住民族"口传文学选集》(花莲,1996),李来旺《"阿美族"神话故事》(台东,1994)及尹建中编《台湾山胞各族(群)传统神话故事与传说文献编纂研究》(台北,1994)。

滑翔练习
——用巴列霍主题

1

在
这样的高度回望人间
你的呼吸在我的呼吸之上

我们
御风而行,还有
逃学的星星

同睡过
如此冗长而黑暗的上古时代中古时代后突然醒来在
当代的光里

许多
潮湿发亮的金羊毛,被整条银河的唇呼唤着的
你的名

夜晚的
勋章,被抚摸,被拓印的
语字

那个
(是的那个)搜藏雷电搜藏云雨以时间为脊梁的巨大

仓库的秘密

角落

2

我想到
神和人的差别其实只是在对
重量的感受

你的
存在，譬如说，倾斜了他们所说的
万有引力

性
是人的
而那么神

。我的
爱是重的，因为无惧而飞得这么
高

心
是小小的
飞行器

跟着
你的震动。因滑而翔，因翔
而轻，一切复杂的都

简单了

一九九八·三

注:"在我们同睡过许多夜晚的那个角落","我想到你的性。我的心跟着简单了",巴列霍(Vallejo,1892—1938)诗集 *Trilce* 里两首诗的开头。

给嫉妒者的探戈

如果你抱着爱情像抱着一台
洗碗机,忽略那被别人的舌头舔过
被别人肢体的刀叉切割过的碗盘上
留下的油渍伤痕。打开水龙头
冲。遗忘是最好的洗洁精
只记得光荣,美好,发亮的部分
因为容器,特别是瓷器,是易碎的
冲洗,烘干,若无其事焕然
如新地等候迎接明天的早餐

特别当生命已逐渐接近或过了
正午,年轻的不安又回来找你
你拿起电话拨给拨不进去的她
你猜疑,你焦躁,更多电话
无头地拨向看不见的情敌们
你呼叫又呼叫(啊多便捷的现代
通讯)那人,回答你的是空无如
碗公的午后。这个时候,请暂时
拔掉洗碗机的插头,把纠缠你的
电话线当作一团面条吞下
沾一些想象的复仇的酱油
洗碗机很快将为你把不优雅洗掉

然而黑夜是更大的一台洗碗机
当悲从中来昔日的餐盘一起向你

掷来，洗不掉的星光点点黏在盘底
啊，忽略那运转中的机器的声音
幽寂的宇宙挥之不去的音响
忽略那像吃剩的鱼骨头般围向你的
阴影，如果她不在你的身旁
耿耿于怀的鱼刺如果不吐不快
一笔一画重组它们成为新的诗行

一九九八·五

十四行（十首）

1

雷鸣闪电时你恰巧不在，你没有听见
悲伤的雨如何因雷电的恐怖急促显得
疲倦而单调，而微不足道，就像许多
时候我的悲伤，它们显得巨大而无
可贷，因为你没有察觉，在它们背后
隐藏的雷鸣闪电。如果此生，我决定
选择一条公路运载我们的私情，选择
站在陡直而下的断崖上用午后的紫云
在相接的水天之蓝里复印你的眉影
我必须说那是因为我们已经站在，就
在那个时刻，一切的峰顶。一切已经
决定：午夜的露滴，清晨的蝉鸣，雷
鸣闪电后更加灿烂的风琴。一切已经
决定，虽然雷鸣闪电时你恰巧不在

2

在一间旅店我醒来，又是一个失眠夜
又是一个，奇妙地，因过重的喜悦而
轻盈起来的慢板的夜。你在我的身旁
你在刚刚沉淀下来的茶香里。我们在
夜的茶杯，我沿着杯沿攀爬，失足
在旋转旋转的星的漩涡。你在睡眠的
杯底等我，等我在精疲力竭后粉身

碎骨。你的睡眠是潮湿的,比一条河
还宽阔,像一首无伴奏的母音歌,而
我是河岸边濯足的旅人,由脚趾而脚
踝,而膝,而臀,而背,而颈。我是
河岸边涤罪的唐怀瑟,在朝圣归来
香客们虔诚的合唱声中。如此安而且
美,在逐渐远去逐渐止息的茶杯风暴

3

你问我什么是永恒,因为我们常常
来不及吃完一杯冰淇淋又把舌头伸向
意大利布丁。柠檬派固我所爱也(我
把它藏在你的胸前),樱桃苏打,乳
酪蛋糕,娘惹,西米露亦我所欲也
什么是渴望,什么是品味,什么是
永恒的饕餮涉猎。吃到杯盘狼藉,吃
到东方既白,又日以继夜,焚膏继晷
永恒不是画面暂停。我们常常看 A 台
录 B 台,快转,倒带,边看边找,饱
餐可口的影像声音。我们豢养我们
挑剔的官能,纵容它们在时间租界上
建立色香味俱全的虚幻之都。什么是
永恒?回答你之前先让我把你舔干净

4

午夜,当他们打开电视收看世界杯赛
另一场世界杯正在你胸前悄然展开
啊,用你双乳东西半球合成的圣杯

我们独一无二的世界杯。你说,用心
防守,用眼光进攻,不要粗鲁地派遣
你的十指或十趾。那时法国队的右翼
正好接到队友传来之球,提脚劲射
差一点进入巴西之门。你说,渴望
总是胜过完成,慢慢享受你的创意
机智,不要急着射。法国队又获角球
十号用力一跃,顶球入网,观众欢声
雷动,惟你,静静静静注视着我,说
饮我以无声之流汁,叩我之门,启我
之杯,那用想象和期盼合成的世界杯

5

然而你困着了,迷失在一场室内乐的
节目单里,在一首弦乐四重奏与木管
五重奏间,复古风为大提琴与大键琴
的组曲。阿勒曼得,方糖与核桃铺就
的林间小路(那方糖细而白,但核桃
显然太大了)。库朗,嘉禾,一路
掉耳环,绑鞋带的期末的远足(轻快
富装饰音的舞曲使你疲倦)。萨拉邦
德,母亲在叫你(铅笔盒里七枝削好
的香水铅笔)。吉格,布雷,梅吕哀
啊哑剧演员出现了(你说到最后一切
都是沉默,那么甘心回到纯然的白
枕头般雪白的臀部)……甜美的音乐
像性爱使你疲倦,但音乐会还未结束

6

对于迂回的追求使我们超重的渴望
仍能因分散运送通过检查,完整到达
我们旅行的港口。不断变化图样的
肉体与心智的拼图。"未曾快乐如
今日,如今日之你我……"我们把
永恒拆成每一个今日,每一个等待
签证登陆的新海岸。"两个旅行箱
四海为家……"我们的行李,除了爱
(危险的爱,禁忌的爱)别无他物
我们的护照长长长长的沙滩歪歪斜斜
的足印。支离,破碎,切分之赋格(
或译遁走曲),拼贴的喜悦,集一切
不伦为新伦理的恐怖分子。"未曾
道德如今日,如今日之你我……"

7

当诗因长期冷藏升格或降格为格言
我们的爱仍温热地在字里行间举旗
游行,企图冲出重围,造成缺口
颠覆容纳它们的十四行。罕用典
非格律,不受束缚的 我们的爱
它欢迎一切陈腔滥调淫词脏话别字
譬如你的逼是我冬天的棉被夏天的
冰箱,或者你是我的心肝我的新干
捷运我每日欲望的新干线。亲爱的
人生因为有爱而富有,爱因为有诗

而美丽（诗若好，爱是彩色的；诗
若坏，爱是黑白的）所以，请看它
一路挥舞的彩色旗子，中发白一万
二万三万四万五万六万七万八万九

8

论插入。自然是为了调节人生之
单调沉闷。就像写诗写到一半忽然
插进一个括号（像现在）意思是
补充说明或者引入不相干的话题（
有一次我妈妈打电话给我的老师（
就是很色很喜欢教女生做健身操的
那个）拜托他体育给我加分讲一讲
居然讨论起日本花道之流派）真像
你要求的电话插拨每次我喋喋不休
和你通话有人插拨进来你就接听
不休喋喋，逼得我重新拨号插拨在
插拨中。由此可知，如果两情相悦
你就要给我插，甚至如果插入横刀
夺爱的第三者，也是比较不无聊的

9

地震是我们还没谈到的主题。昨天
嘉义大地震，房屋倒塌，公路坍方
今天花莲余震不断，最大的一次
震央在你床铺。散落一地的是我们
的喘息。地震结束，余韵犹在……
地震使我们居安思危，如果一切

肉体的建筑都倒塌了,支持我们
的是什么?倾斜的形而上学。变形
又变形的曲喻。地震使我们居危
思安,想念那出神入肉的神圣感官
帝国,想念坚毅其圆柱,回廊,飞
檐的流言,猜疑,贫穷,悲哀……
雷电让打铁匠的音乐成形,我们
在地震中伤感,书写,延续音乐

10

若且唯若若(也就是你)同意文言
可以夹杂白话并且一首诗可因阅读
所需迂回其意如暗夜乌鹊绕树三匝
终于栖息在,逗点后的删节号……
然后又飞起,说贵得肆志纵心无悔
且分给每个读者一支想象的金羽毛
若且唯若他们相信爱可以被抽象的
线条姿势被树丛中辗转演绎的光
被诗见证。而后我们有一个小小的
安适的句点像在汗湿方干的皮肤上
体会盐的晶莹,体会理则学与抒情
诗名异实同,体会人生是辩证后的
一个圆,一个花园,有鸟飞过并且
要若把它翻译一遍,说若且唯若

你,而且只有你

一九九八·七

白鹿四叠
——用邵主题

那白鹿也许自梦境中跃出……
金黄的午后，当我们在树下
小寐醒来，一道纯白的闪光
奇妙地掠过眼前，引领我们
奔向前去。相对于它的轻盈
虚幻，我们真实的猎犬未免是
太沉重的阴影，四肢轮番触地
辛苦跟随在后。那白鹿是月华
的倒映，在夜间，当我们循溪
追寻，饮冰凉之山涧，它的
乳汁粼粼荡过水面，让第一次
离家的年轻猎者突然想起
出发前存放在妹妹胸前的麻糬
年老的猎者说快过年了，我们
一定要追到它追到它。追到它
即使天又亮了，我们又翻过
一个山头。追到它，即使夜又
暗了，回家的路像越滚越长的
麻线。砍草折枝，一路为记

记不清的是云的重量梦的色泽
别问我翻山越岭的我们，如何
走入盆地，翻开一页等待书写
的神话。那白鹿是纯粹的光

照亮无字的天书,当我们倦于
阅读飞鸟、走兽的肢体语言
倦于比划弓与箭的手语,它
揭示我们新的词汇:那是海
吗?灿烂如一轮日,如一弯月
共鸣的绿色间水晃晃的镜厅
年轻的猎者把猎到的山羌肠肚
丢进镜里,许多潋滟的镜妖
激动涌出。就叫它们是鱼吧
一种把陆上沉重的阴影点化为
浮光流金的水中动物,温柔地
入我的肠,入我的梦,张开
一张抽象的网罟网罗旧雪新苗
春雨秋歌。年老的猎者说虚构
虚构是最坚实的渔网,虚构

是好的……那白鹿游到水中央
而后消沉,不曾在镜面留下
任何裂痕,仿佛一道光溶入另
一道光,留下我们在岸边凝神
思索。我们未曾追到那鹿
我们也未曾失去那鹿。我们
想象,追忆那能有与未能有的
层层推移的波纹是我们发光的
思想。我们学习烧垦,舂米
编竹排为浮屿,雕樟树之干为
舟,我们制作鱼筌,浮钩,向
外族换盐易烟,等候绣眼画眉

在左边鸣叫。我们将遇见一位
带着相机仪器为我们拍照测量
体质的年轻人类学者。我们将
听到他说啊赶快,这些种族
要灭绝了。我们将听见,捣响
整个盆地,我们姊妹的杵歌
而我们的村落在新建的水库里

在群山环抱,水沙相连的这个
大岛屿正中央,我们豢养
一面明镜,一只梦幻的白鹿
年轻的猎者老去成为热心的
私酒酿造者,浮着独木舟,把
过分沉重的阴影稀释成月光
有一天,镜里镜外一切建构
也许终要沉入镜底,不见踪迹
那镜子倒映,见证我们的存在
你问我们名字?一如那东南边
大山的居民自称为布农,那
东边黥面的住民自称为赛德克
我们称自己为邵:人的意思
我们是人,一个符号,一个
姿势,一个在辞典里被简化成
遗忘与暧昧同义字的考古学
名词,一个被误读误写的专有
名词。我们是名词,也是动词
随一只白鹿自辞典中跃出……

一九九八·十

注：台湾少数民族邵人传说谓其祖先因追逐一白鹿，从阿里山历半月而至日月潭。白鹿渡水，没于潭中央，初见潭水之邵人亦不得过，洗所猎之山羌肠肚于潭中，水中之鱼，群来争食。邵人不知其为何物，先由老者试尝，知味美安全可食，遂迁来此。日月潭一带，清季称"水沙连"，为水沙相连之山间盆地区。1900年，日本人类学者鸟居龙藏至埔里盆地调查，叹居住其上的某些少数民族群即将绝灭。1934年，日人兴建日月潭水力发电工程，原在珠仔山（今光华岛）旁的邵人部落尽入水底。"浮屿"诱鱼为邵人特有的捕鱼法，将种着杂草的竹排浮在水面，以诱捕草丛中下卵的鱼类。邵人有鸟占之习，外出时遇绣眼画眉鸣于左边则为吉兆。邵人为一保有固有文化与语言之独立族群，然久被含糊地列为邹人之一支，或视为平埔族群之一族。其人口为今台湾少数民族群中最少者。陈奇禄1955年调查时，人口已不及250人。今当更少。

小城

遠東百貨公司
阿美麻糬
肯德基炸雞
惠比須餅舖
凹凸情趣用品店
百事可電腦
收驚
震旦通訊
液香扁食店
真耶穌教會
長春藤素食
固特異輪胎
專業檳榔
中國鐵衛黨
人人動物醫院
美體小舖
四季咖啡
郵局
大元葬儀社
紅蓮霧理容院
富士快速沖印

一九九八・十二

苦恼与自由的平均律

夜中不能寐,起坐弹鸣琴。
　　——阮籍

1

夜中不能寐是对昼寝的惩罚
宰我昼寝。杀我,杀我无用的
时间。漫漫长日颓废一如漫漫
长夜。不可雕之朽木,不可圬
之粪土之墙。把你的大便你的
体液涂在我的躯体,我无用
空荡荡的记忆体。用最熟悉
也最难堪的音乐惩罚我,转旋
变奏如郭德堡倒悬难眠的伯爵
夜夜所服用。爱与死与绝望

反复的生之主题。红热的铁
已然被冰雪所覆,我听不见你
说话的声音。你也爱我吗?
你爱我多久了?你的声音越过
春日海上传来(那时我的诗
仍然掌管所有演奏与非演奏用
的键盘),仿佛被质问的天使
透过雨,把答案列印在公开的
沙滩。啊,我的姊妹西比娜
写在树叶上被风吹散的神谕

2

人发明了神然后又被祂所弃
我发明了你,发明了青春以及
其五十种独角兽(它们如是
厚颜地进入你的身体并且哭
泣),发明了悲伤以及其不同
色泽的同义字:忧愁的薄荷
不安的柠檬,狂喜的红萝卜
发明随着每天早晨的牙膏挤
出来的不同口味的幻影。我
发明一间透明的屋子及其钥匙

我打开透明的屋子发现只剩下
空白的器官,马桶(被神所
弃的神龛),和一支遥控器
我按下马桶企图回味昨日的
信仰,二声或三声部创意曲般
你的大便小便(啊,熟悉而
难堪的音乐惩罚我)多美妙的
遁走曲!你终于逃走了,留
一支遥控器让我对四壁虚无
搜寻,搜寻你的谎言魂兮归来

3

魂兮归来,西方不可以止些
地震铿钟摇虞倒楼塌房压迫
忠臣孝子善男信女奸夫淫妇

不可以久些。魂兮归来,南方
不可以止些,菎蕗杂于䉛蒸
班驳与阘茸同,魑魅魍魉鸥鹏
鸢鸷群飞乱舞,不可以久些
魂兮归来,北方不可以止些
三温暖烫死肥屁股,卡拉 OK
呛死秃头女高音,爱美虚荣

如你,如何可以止些?我说
魂兮归来,无东无西无南无北
东有大海,溺水溦溦雾雨淫淫
回头是岸。回到我们生活的
海岸,养一只猫,分享寂寞(
这世界是不好的世界)瞇眼
端爪,对镜互照。行走,躺下
假装未曾受伤。养一只猫,或
者一只螃蟹,照样喂它音乐
呼吸几口空气,魂啊,归来

一九九九·十

注:宰予昼寝,子曰"朽木不可雕也,粪土之墙不可朽也"。巴赫应弟子郭德堡之请为严重失眠的凯沙琳克伯爵作《郭德堡变奏曲》。"你的声音越过春日海上传来",德彪西谱梅特林克剧《佩利亚与梅丽桑德》第二幕第四场中之句。西比娜(Sibylla),希腊女预言家,将阿波罗神谕写在树叶上,被风所吹散。巴赫有二声部及三声部钢琴曲《创意曲》。《楚辞》〈大招〉:"魂乎归徕,无东无西无南无北只,东有大海,溺水溦溦只……"。

消防队长梦中的埃及风景照

火
火火火
火火火火火
火火火火火火火
火火火火火火火火火
火火火火火火火火火火火
火火火火火火火火火火火火火
火火火火火火火火火火火火火火火
火火火火火火火火火火火火火火火火火
火火火火火火火火火火火火火火火火火火火
火火火火火火火火火火火火火火火火火火火火火
火火火火火火火火火火火火火火火火火火火火火火火
火火火火火火火火火火火火火火火火火火火火火火火火火
火火火火火火火火火火火火火火火火火火火火火火火火火火火
火火火火火火火火火火火火火火火火火火火火火火火火火火火火火
火火火火火火火火火火火火火火火火火火火火火火火火火火火火火火火
火火火火火火火火火火火火火火火火火火火火火火火火火火火火火火火火火

二〇〇〇·一

孤独昆虫学家的早餐桌巾

虮虱虬虰虱虲蚇虷虹虺虻虼虽虾蚁蚊
蚋蚌蚍蚎蚐蚑蚓蚔蚕蚖蚗蚘蚙蚚蚛蚜蚝
蛛蚡蚢蚣蚤蚥蚧蚨蚩蚪蚫蚰蚱蚲蚴蚵
蚶蚷蚸蚹蚺蚻蚼蚽蚾蚿蛁蛂蛃蛄蛅
蛆蛇蛈蛉蛋蛌蛐蛑蛓蛕蛖蛗蛘蛙蛚蛛
蛜蛝蛞蛟蛠蛣蛤蛦蛨蛩蛪蛬蛭蛵蛶
蛷蛸蛹蛺蛻蛾蜀蜁蜂蜃蜄蜅蜆蜇蜈蜉
蜊蜋蜌蜍蜎蜏蜐蜘蜙蜚蜛蜜蜞蜟蜡
蜢蜣蜤蜥蜦蜨蜩蜪蜫蜬蜭蜮蜱蜳蜵
蜴蜶蜷蜹蜺蜻蜼蜾蜿蝀蝁蝂蝃蝄蝐
蝎蝏蝒蝓蝔蝕蝗蝘蝙蝚蝛蝜蝝蝞
蝠蝡蝢蝣蝤蝥蝦蝧蝨蝪蝮蝯蝰
蝮蝯蝰蝴蝵蝶蝷蝸蝹蝻蝽蝾蝿螀螁
螃螄螅螆螇融螉 融螎螏螐螑螒螓螔螕螖
螗螘螙螚螛螜螝螞螠螡螢螣螤
螥螦螧螨螩螪螫螬螭螮螯螰螱
螲螳螴螵螶螷螸螹螺螻螼螽螾螿蟀蟁 蟃
蟄蟅蟆蟇蟉蟊蟋蟌蟑蟒蟓蟔蟕蟖蟗
蟘蟙蟚蟜蟝蟞蟟蟠蟡蟢蟣蟤蟥蟦蟧
蟨蟩蟪蟫蟬蟭蟮蟯 蟻蟼蟾蟿蠀蠁蠂
蠅蠆蠇蠈蠉蠊蠋蠍蠎蠏蠐蠑蠒蠓蠔蠕
蠖蠗蠘蠙 蠚蠛蠜蠝蠞 蠟蠠蠡蠢
蠣蠤蠥蠦蠧蠨蠩蠪蠫蠬蠭蠮蠯蠰蠱蠲

二〇〇〇·一

海岸咏叹

那时我们对海的记忆如沙滩上的沙粒那般丰富，走下南滨堤防，我们就成为一只蚂蚁，要走很久很久很久很久才到达海。多么宽阔的沙滩啊，你说。你看见海岸以优美的梦的弧度，围绕着你生长的小城。你只是一个小孩，跟蚂蚁一样大的小孩，但这方糖、砂糖的沙滩何其甜美啊。那蓝色的海铁定是一块蓝色蛋糕，但你不敢说它是什么口味或质料，因为每天它总是翻转出不同蓝色，不同风貌，神的食谱比海还大本，它蛋糕的配方，种类比沙滩上的沙粒还多。那些翻白的浪，当然是神的唾液了。你每天都想偷偷搬运一点回去，但无能为力，因为那甜蜜是太重的负荷。让它留在海岸吧，你说，一块永远让神，让人，让小如蚂蚁的你垂涎三尺的公开的蛋糕。

二〇〇〇·一

铝箔包

喝我
喝我的血
喝我的奶
喝我的口水
喝我的肉汁
喝我的爱液
喝我的痉挛
喝我的不贞

在赏味期限之内
（制造日期见棺底）

二〇〇〇·一

在我们生活的角落

在我们生活的角落住着许多诗
它们也许没有向户政事务所申报户口
或者领到一个门牌,从区公所或派出所
走出巷口,你撞到一位边跑边打大哥大的慢跑选手
尴尬的笑容让你想到每天晚上在家门前帮年轻太太
擦红色跑车的老医生,原来
它们是一首长诗的两个段落

物件和物件相闻而不必相往来
一些浮升成为意象,向另一些意象
求欢示好。声音和气味往往勾搭在先,暗自互通
声息。颜色是羞怯的小姊妹,它们必须待在家里
摆设好窗帘床罩浴袍桌巾,等男主人回家,扭开
灯。一首诗,如一个家,是甜蜜的负担
收留爱欲苦愁,包容肖与不肖

它们不需到卫生所结扎或购买避孕套
虽然它们也有它们的伦理道德和家庭计划
门当户对不见得是最好的匹配
水乳固然可以交融,水火也可以交欢
黑格尔吃白斩鸡,黑头苍蝇辩论
白马非马。温柔的强暴
震耳欲聋的寂静
不伦之恋是诗的特权

它们有的选择活在暗喻的阴影或象征的树林里
有的开朗乐观,像阳光的蜘蛛四处攀爬。有些
喜欢餐风饮露清谈野合,有些则像隐形的纱
散布在分成许多小套房出租的你的脑中,不时
开动梦或潜意识的纺织机
许多诗据说被囚禁在习惯的房间。你闭门
觅句,翻箱倒柜,苦苦呼唤,甚至骑着电子驴
驱赶滑鼠,敲键搜寻。打开窗户
宽天厚地,它们居然在那里:
雨后的鸢尾花。放学回家的
一队鸥鸟。歪斜的
海的波纹
煮着一锅番茄和几片豆腐的微波炉

你想到还要几粒豌豆。你走进超市看到
罐头罐头罐头罐头罐头罐头罐头罐头
罐头罐头罐头罐头罐头罐头罐头罐头
罐头罐头罐头罐头罐头罐头罐头罐头
你随手拿了一罐,发现挖空心思,刻意
求索的它,原来因缺席而存在:
罐头罐头罐头罐头罐头罐头罐头罐头
罐头罐头罐头罐头　　罐头罐头罐头罐头
罐头罐头罐头罐头罐头罐头罐头罐头

一颗红柿孤独地在收银台上。你说
妙哉,一颗红柿孤独地在收银台上
一行字自成一户
你不免怀疑它移民自日本或多绝句的盛唐

但是你完全不在意。完全不在意它们可以全部装进
一个小小的购物袋

二〇〇〇·一

世纪末读黄庭坚

旧的世纪快过去了。翻读
你的诗,却觉得像逛一间
新开的精品店,楼上兼营
美容整型,器官捐赠移植

点铁成金,夺胎换骨:
大大的告示牌吓退了那些
传统的消费者。他们说诗
岂能是炼金术或外科手术?

他们不知道外科也要用心
文章本心术。诗人重写
时间留在水上的脚步,刻出
新的诗句,但不曾留下疤痕

他们说你是小偷,把偷来的
巧克力变造成固特异,翻滚
奔驰在系船三百里,去
梦无一寸的想象的糖果纸

哪能尽吃唐朝的糖啊,你说
他们说糖果纸是形式主义
说你是邪思之尤者,剽窃之
黠者,拼贴戏仿面目狞恶

所以,你是远在中国古代的
后现代了?你的法国近亲
杜象把竖立的小便器搬到
展览室,说这是"喷泉"

你的江湖夜雨,如果把它
颠倒成夜壶降雨,应该也是
一盏可以辉映千古的灯吧?
你诗句里那个闭门觅句的

陈无己,其实就是我:
相隔九百年,发向你
梦境的船
   半分钟一班

          二〇〇〇·二

注:"文章本心术,万古无辙迹","系船三百里,去梦无一寸","江湖夜雨十年灯","闭门觅句陈无己"等皆黄庭坚(1045—1105)诗句。

忽必烈汗

在上都，忽必烈汗下令建造一座
可以移动的巨大寝宫
"我不要固定的东西。我已经厌倦
那些住在固定房间，使用固定香水
在固定程序后发出固定呻吟的嫔妃
虽然她们成千上万……"
他精通企管的意大利顾问，精挑细选，精打细算
将那些嫔妃排列组合，或者六人一队，或者三五成群
一次三夜，在不同方位，以不同队形
轮流侍奉她们的君王

美酒，鸦片，蜂蜜，皮鞭
地球仪，震动器，圣经，情趣内衣
"我要不停的动，不停的亢奋，不停的征服
不停的到达高潮……"

但这并不是一个数学问题
不是军事问题，甚至不是医学问题

"这是一个哲学问题"
寝宫外不被重用的波斯旅行家说
"时间是孕育变化
最好的春药"

二〇〇〇·八

迷蝶记

那女孩向我走来
像一只蝴蝶。定定
她坐在讲桌前第一个座位
头上,一只色彩鲜艳的
发夹,仿佛蝶上之蝶

二十年来,在滨海的
这所中学,我见过多少
只蝴蝶,以人形,以蝶形
挟青春,挟梦,翻
飞进我的教室?

噢,罗丽塔

秋日午前,阳光
正暖,一只灿黄的
粉蝶,穿窗而入,回旋于
分心的老师与专注于课
业的十三岁的她之间

她忽然起身,逃避那
剪刀般闪闪振动的色彩
与形象,一只惧怕蝴蝶的
蝴蝶:啊她为蝶所
惊,我因美困惑

二〇〇一·十

木鱼书

这是我客居此地第七个秋天
凉风有信,秋台无情
思念你的情绪,好比那被水淹的
捷运系统,有车难发
寸步难行
我搁浅在比这个城市积水更深的
对往事的追忆里
想象你睇斜阳照住你窗前一对凯蒂猫
我独依电脑桌思悄然
耳畔听得刚刚设定的手机新款铃声
莺莺响起,又只见电视走马灯打出
机场封闭,陆空交通全断字样
触更添愁,恼怒怀人

旧约难渝。我存藏的是一本没有封面
没有内文的圣经,如千百转的辘轳
负载前夜梦的遗楼的漏水
点滴在心头
都湿了,这一页页鱼水交欢的经书
诗与音乐,我们神圣的游泳池

我的银鳞闪闪的歌泳队
一列列,自电子木鱼敲出
穿过积水的城市,穿过皱如海绵的
月色,游到你的萤幕

我知道怎样追叙欢乐的时辰
想当日，剧院初见
我穷途作客囊如洗
偏你把多情向着我，因一首
虚词母音，无伴奏的咏叹调
你含情相伴对住逆旅床头灯，细问
曲中何故事。我把《客途秋恨》
这段风流讲过你闻，讲到那
缪莲仙，为忆歌女麦氏秋娟
如何在客途抱恨，度日如年
写诗，忆旧，遣悲怀

你闻听我言多叹息，说："
你咏叙的恰如我们。记忆如何
滋生音乐，形象，让诗吟咏
写诗的你如何向我求爱，歌唱
以雷同又不同的主题
以细微变化的姿势，声调；我
本来也是一只鸣禽，我的任务
即歌唱，但在诗，另一只
更音乐的鸣禽前
我选择无声对有声"
你说我珠玑满腹，无中生有
原无价。我知你怜才情重，更不
嫌贫。我所有的只是杜撰

啊，情人中的情人，你的聆听即是

歌唱。我书写,因为你的存在
你不是一只鸣禽,你是所有歌唱
与不歌唱的鸟:知更,蓝山雀,红隼
矶鹬,雪鹗,雨燕……
你是绝对的音乐
先诗而存在。吸引诗,接纳诗
迷路的语字的鹰架
我客途的寄寓。在你萤幕的水缸
我的银鳞闪闪的游泳队,歌咏队

二〇〇一·十

注:木鱼书,流行于广东,以木鱼击节的说唱文学。其中"南音"一类,所用乐器以扬琴为主,另有琵琶、筝、二胡、三弦等,最出名者如《客途秋恨》。参阅邱坤良主编《中国传统戏曲音乐》(1981,远流出版公司)。"我知道怎样追叙欢乐的时辰",波德莱尔〈阳台〉("Le balcon")诗句。

小死亡
——用 Jirí Kylián 舞题

在风的被褥下,每日
小小的死亡

在波浪般的被褥下,你和我
舞动一支虚无的剑

一支剑刺入体内
杀你,杀我

一支剑刺入心中
杀时间,杀死时间

剑尖挑起处,小小的
被的高潮

剑光掠过处,小小的
呐喊与哭泣

小小的死亡,让我们
逐渐习惯于生之卑微,猥琐

小小的征服与屈服
在既无敌军复无友军的时间的平原

互为杀手与推手
互为刺客与香客

漫长而慵懒的生之过程
死之过程：慵懒地

颠倒剑柄为钟摆，每日
小小的震荡，小小的死亡

二〇〇二·一

舌头

我把一节舌头放在她的铅笔盒里。是以，每次她打开笔盒，要写信给她的新恋人时，总听到啜嚅不清的我的话语，像一行潦草的字，在逗点与逗点间，随她新削好的笔沙沙作响。然后她就停了下来。她不知道那是我的声音，她以为从上次见面后不曾在她耳际说话的我，已永远保持沉默了。她又写了一行，发现那个笔划繁多的"爱"写得有点乱。她顺手拿起了我的舌头，以为那是橡皮擦，重重重重地往纸上擦去，在爱字消失的地方留下一沱血。

二〇〇二·四

七星潭

七个厌倦了天上生活的神祇
瞒着他们不食人间烟火的同僚
偷偷跑到这岛屿边缘的海滨
散步,聊天,看海
饿的时候用渔网下载朝晖或
晚霞煮石,或者伸手抓几朵
飘过他们头上的棉花糖
也听电台的音乐(跟那些
竖耳倾听的贝壳):短波
中波,长波
周而复始,自单纯而复杂
无边无际的海的频道
他们谈了七天七夜,从星期一到
星期七(他们不知道星期日是
人间的免劳苦日):七个神祇
七个情愿下凡的星星……

二〇〇二·五

注:七星潭为濒太平洋的美丽海湾,在花莲市郊。

鉴真见证

鉴真（688—763），唐代高僧，五十五岁应日僧之请筹划赴日传戒律，五次渡海未果，至第六次乃成，双目已失明。于奈良建唐招提寺，讲律授戒，影响日本文化极大。今寺内有御影堂，供奉其坐像。画家东山魁夷曾为此堂绘制障壁画。寺内并有俳圣芭蕉咏坐像之句碑。井上靖有小说《天平之甍》，述鉴真东渡事。

扬州熏风。桂林
月宵。画家用你故土的风景
消解萦绕于御影堂障壁间
你的乡愁
在你死去十余个世纪后
你的两只盲瞳依然不眠
灼灼，向幽暗的人间
若葉して　御目の雫
ぬぐはばや
那名叫芭蕉的诗人
欲用初夏滴翠的新叶
拂拭你眼里的愁苦

天宝元年初冬（或者我该弃
生长你的唐土年号，说
那是同是八世纪第四十二年的
天平十四年）留学僧荣叡
普照从长安来到扬州
到你所在的大明寺求见

在大伽蓝与九重塔之间
你巍巍站立,如一座九重塔
那日本国来的僧侣怯怯启齿
东洋腔的唐语如柔中带硬的晨风
徐缓坚毅地翻越过你的塔顶
你说山川异域,风月同天
日本国佛法兴隆,但尚未有传戒
讲律之人,今既有请,在座有谁
愿意东渡?你的弟子们个个面如
结冰的池塘,不见丝毫涟漪
你还是从喉间丢给他们一颗
巨大的石头:横渡渺漫之沧海
安抵者百中取一,今无人往
吾往矣!

你一动,新的佛教与中国文物
东传史,新的航海史
也跟着启动了

然则,就像贯穿扬州城中央
南北而流的大运河
你所读到,见到的,和你所
不知道,无法想见的恰如河之两面
河上面是正史扼要,简约,中规
中矩的叙述:东西向十二条道路
河水逶迤,行人,船只
二十四桥明月,云淡,风清
河下面是穿凿,敷衍,暗潮汹涌的

稗官野史,向壁虚构,着床考掘的
小说家者流。再下面
是佚失的传闻,漫漶
淤塞的事实⋯⋯

你一动,所有流水,所有
你迟疑,犹豫的弟子
所有后世骚动的灵魂
都跟着动了
(而我如何动笔,在诗中,写你
似真非真的故事?如何移动滑鼠
开启视窗,鉴照你生命的真义?)

《续日本纪》第二十四卷
用一百多字浓缩了你前后十二年
五次出航受阻,终而如愿的东渡:
"⋯⋯乃于扬州买船入海,而中途
风漂打破船,和尚一心念佛,人皆
赖之免死。至七载,更复渡海,亦
遭风浪,漂着日南。时荣叡物故,
和尚悲泣失明。胜宝四年,本国使
适聘唐。业行乃说以宿心。遂与弟
子二十四人,寄乘副使大伴古麻吕
之船归朝,于东大寺安置供养⋯⋯"
学者说业行、普照乃同一人
然则历史与诗,叙事与抒情是否同一物?
正史没有提到小说家提到的被密告为海贼
因而失败的第一次渡航,也省略了对再度

出航时跟随的玉工、画师、雕刻师
刺绣工、石膏工、水手等一百八十五人
以及准备带去的物品的描述：
金字华严经一部。金字大品经一部
金字大集经一部。金字大涅盘经一部
杂经章论疏一百部。画五顶像一铺
宝像一铺。金漆泥像一躯
六扇佛菩萨障子一具。月龄障子一具
行天障子一具。道场幡一百二十口
珠幡十四条。玉环手幡八口
螺钿经函五十口。铜瓶二十口
华毡二十四领。袈裟一千领
褊衫一千对。坐具一千床
大铜盂四口。竹叶盖四十口
大铜盘四十面。中铜盘二十面
小铜盘四十四面。一尺面铜叠八十面
小铜叠二百面。白藤簟十六领
五色藤簟六领。麝香二十剂
沉香，甲香，甘松香，龙脑香
胆唐香，安息香，栈香，寒陵香
青木香，熏陆香共六百余斤
毕钵，呵梨勒，胡椒，阿魏
石蜜，蔗糖等五百余斤
蜂蜜十斛。甘蔗八十束
青钱一万贯。正炉钱一万贯
紫边钱五千贯。罗幞头二千枚
麻靴三十量。席胄三十个
当然，也略去了对船触礁，船上所载东西

悉数被浪卷走,受困海滨的你们
内心活动的描绘。更不用讲对坚忍
无常、信仰等抽象概念的探触

第五次渡航,你们照样从扬州出发
飓风使你们的船晕头转向
漂流十四日后着陆于海南岛南端
二十四桥的明月火红地升起于
南中国海的天空。在椰子树与
槟榔树之间,玉人的箫声梦幻似地
响起。干燥的空气,炽烈的阳光下
白色的沙滩。你们穿过一丛丛色彩
鲜艳的花,吃着不曾吃过的荔枝
龙眼,在阔叶植物的凉荫下
你们心中依然有一条大运河
绕过香气四溢的胆唐香树林
波罗奈树林。从振州到崖州,你
在走过的地方建寺,授戒,度人
后来的人说见过你们留下来的经书
佛像。我不确定你们是否度过那些
染齿、刺青的土著,但我确定
开元寺外那一排无花果树听过
你的讲道,并且喜欢你的讲道

从海南回大陆,桂林的甲等山水
似乎治疗不好服用了过多杂牌水土
日益憔悴的你的同伴荣叡。如同史书
所说,他(在路上)死了,这个

倾半生之力，在你的祖国策动你
到他的祖国的留学僧：在时间的
地图上，他把中国往东推进了半公分
你自然哭了，有的版本说
悲泣让你失明，有的版本说是气候
炎热加体力衰弱致眼疾频发所致
也有版本说其实是几年后（天平
胜宝五年，公元七五三年）第六次
东渡成功抵达冲绳时，你的眼睛
才失明的。胜宝六年二月，你们
在大阪登陆，四月在奈良东大寺
佛殿前为圣武上皇、孝谦天皇授戒
那一年，你六十七岁，日本的
古代文化史刚刚开始在电
脑搜索引擎里储存进资料

天平宝字三年，唐招提寺建立
你在这儿讲律，传戒，静谧的
金堂在夕照中辉煌如梦
如整个唐朝的缩影。随你渡海来的
你的弟子和匠师，一木一木
一瓦一瓦，建筑了它。它的影子
连着你的影子，连着堂内千手
观音的微笑，连着空气中草香，药香
长长长长，投植在一页页东洋建筑史
工艺史，美术史，医药史里……
你自然看不见步道旁那些樱花，莲花
但你闻到，你知道（失明像一只拴在

眼里的猎狗，敏锐的嗅觉伸向远方
伶牙俐齿依然原地咬啮）你知道
你在一个与你母土隔着一座海以及
千辛万苦的岛国，但你站着坐着卧着
走着：一个以天地为屋宇桌榻的行僧
一个看不见宇宙星光的宇宙公民
乡愁，还是有的……

对头顶的浮云，对虫鸣，对芸芸
众生。你想念扬州的柳影，想念
随抄写它的业行沉入海底的
经卷抄本。海也是你神秘帝国的
一部分，一如苦难是人生
无所不在的行省。你自然看不见
那屋瓦俨然的金堂之顶，但你
知道在屋顶栋脊两端，有甍突起
如梦的犄角。那鸱尾状的脊瓦
仿佛一对比目鱼，泅游于宇宙的
游泳池。它们是四海为家的你的
泳镜，失明的你的另一对眼睛
暗夜中闪光的不眠之眼
宝字七年春，你的弟子忍基梦见
讲堂栋梁断折，赶紧找人为你
造像，不出几月你果然崩逝
但你梦的屋宇仍在，断了的
栋梁飞升成为天平之甍
在天空的平原，在梦之巅

你依然有泪,垂垂
在湿奥欲滴的夜里
让它们滴下来吧
沿着透明光亮的时间的天梯
从你的唐朝,你的天平
流过诗人翠嫩的芭蕉叶
流过画家淡远的山水
流过疏而不失的虚拟之网
滴到我的视窗

在大明寺,你双目炯炯
在唐招提寺,在御影堂
你闭着,瞎了的眼睛
何尝非大明?
生命之真在于悲喜
相连,苦以为甘
艺术之真在于以虚幻
之镜,鉴照生命之真
我挪用了诗人的叶柄
我窃占了小说家的货柜
在我不贞的视窗里,你
依然栩栩如生,结跏
趺坐,团目含笑
在风清云淡的河上面……

我狡猾,慧黠的
滑鼠,如何嗅察你的
隐情,轻轻点击

你的眼帘,让河下面
一颗航行了千百年还没到岸的
泪,溢出表面,缓缓
滴下:见证
我的鉴真
你的
爱

二〇〇二·十

少年维持的烦恼

少年时代的烦恼,维持
到中年,似乎有增无减
散光的两眼依旧误读
关键字,错解了不该
有错的散文人生
为走过走廊上的女孩
为新的诗意,分心转睛

相信沉闷是长篇巨作
阅读过程中必要之恶
相信幸福的前一站是辛苦
无聊的背面是有聊,时候
到了,一定会出现一根让
百无聊赖的你依靠的柱子
一座不断喷出活力的喷泉
就在眼前,插着一根吸管
你喝了老半天的泡沫绿茶里

在这间坐过无数个下午的
夏绿蒂茶铺,少年时代的
烦恼,泡沫般消失又浮现
谁说长大以后事情会改变
谁说奋斗有成后,一切
一切会有全然不同的书写?
构不到的新月依旧挂天边

列印在地上的是你的影子
碳粉不足，模糊残缺的字迹

少年维特的烦恼，翻转
到 21 世纪，似乎愈积愈厚
由小说读者变成自己的
作者，由纯粹的悲剧
变成不太好笑的悲喜剧，这
少年维持的烦恼
主题永远不变

二〇〇三·一

秋光奏鸣曲

天凉了。多穿一件
太热,少穿一件
太冷,像两个在一起
太多年的恋人
爱也不是
不爱也不是

房子空了些;
家具,音乐一样多
心也没有变得更小
没有什么必须隐藏
捍卫,除了入夜后
那条梦的小径的路权

镜子里依然挂着夏日
海边的红短裤
斜坡上开采到的也许
是药矿而不是金矿
仍有一些什么
需要挖掘,探勘

譬如伦理这一件
织了又织补了又补的
透明背心(穿也
不是,不穿也不是)

譬如作为燃料或
颜料的谅解的煤：

在更黑一些的夜里
把黑暗涂抹成光

二〇〇三·十

添字〈添字采桑子〉
——改造李清照

窗前谁种芭蕉树？
阴满中庭
阴 毛 满中庭
叶叶心心（ 多美妙的用品 ！）
舒卷 我 有余情 欲

不再 伤心枕上三更雨
点滴霖霪
点滴 淫水 霖霪
愁损北 邻独居男 人
不惯起来听

二〇〇三·十一

情诗

二〇〇四·二

在岛上
——用雅美神话（两首选一）

岛在海边，海在岛边
我们的岛是小小的，静止的船

海啸使船变成摇篮
波浪冲向山头，撕裂巨石
我从石头中进出
我是人，我是达悟
我是男人

海啸使船变成摇篮
波浪翻过礁岩，撕裂竹林
我从竹子中进出
我是人，我是达悟
我是男人

我们是这条船上最早的两个人
我们是没有女人可爱也
不能被女人所爱的男人

我们在船上休息，以船为床
把过长的阳具缠绕在膝上

我们轻摇膝盖，抵足而眠
膝与膝舒服地相碰，愈碰愈痒

我们体贴地互相抓痒
每一个被抓破的痒繁衍成更巨大的痒
直到在我肿胀的右膝进出一个男人
(啊达悟,一个人)
直到在我肿胀的左膝进出一个女人
(啊达悟,一个人)

他们是达悟
男人与男人爱的完成

二〇〇四·四

注:台湾兰屿雅美(达悟)人关于祖先的起源有"石生说"与"竹生说",最普遍者乃两者之结合,认为最早的"达悟"(人之意)是两个男人,一由石头破裂而生,一由竹子迸生出。

春歌

仲春草木长。工人们在校园里伐树
把多余的躯干砍剪掉。学生们在
楼上教室作测验卷,三不五时转头
向窗外,呼应落地枝叶的叩问:
怎么样的茂盛,或谦逊,才能满
而不溢,胜而不骄?(这是一题
不太能简答的简答题)草本植物
与木本植物(或者素食者与非
素食者)谁对人类的贡献较大?
(这是答错倒扣的选择题)
学生们振笔疾书,发育中的他们
当然知道越多越好。吃越多
越壮,写越多越高分,认识越多
女生或男生越屌。但他们可能
不会写屌这个字。多屌啊,垂吊
在窗外的那些绿意盎然的枝干
到了暮春它们会更屌,到了仲夏
更更屌。我不是在那些青春期的
早晨为勃起如铁的下体疑惑固体
与液体的关系吗?我也跟所有人
一样,寻常地过日子,让简单的
"日"字累积长出横的、斜的
笔划,逐渐成形的春的身躯
我的枝干无法干出我欲望的春色
无法对人类或另一半性别的人类

做出更大的贡献，只能以惊惶的
仲夏夜之梦遗草草书写我们被
按时抽查的生活周记。谁的刀斧
伐我剪我，删除他自以为是的
多余情节或不当镜头。谁的毛笔
批我阅我，警示我羽毛渐丰的
鸟笔种种书写的禁忌。我的日子
正长，它发育，它茂盛，它满而
不得其门而溢。它逃逸，它困顿
啊，少年时期漫长的"戒严"时代
以禁欲为敦伦，以自闭求放心，而
仲春草木长。邃屋扶疏，众鸟有托
我亦爱我的鸟我的笔，而无阴可栖
无女墙湿地可恣意喷写生之标语
由春入夏，由夏入秋，肿大的
心智悬挂在一具逐渐萎缩的躯体
屌什么屌？怎么样的茂盛，或谦逊
才能满了就溢，溢了又满，在春夏
还是两个无法被简化的繁体字时
仲春草木长。工人们在校园里把
春日之树多余的笔划砍剪掉
我的春天被删减得只剩下一个日字
一些简单的日子，等虚无之音
贴近成为暗，等老坐上来成为耆
仲春草木长。流浪狗三两只穿梭
校园，交头接尾。什么是这些树
这些兽不变的伦理？什么是春天
正确的形状，真正的发音，意义？

(这些是从来没有印在测验卷上
的问题)学生们振笔疾书,他们
等待一个自由的暑假,没有多余
衣物束缚的灿烂之夏,越多越好
他们知道,用力书写,发育,发声
如春日滋长的草木,如一首歌

二〇〇四·五

双城记

我走在 O 城的中华路上　经过一心泡泡冰　美美布庄　庆和鞋行
你走在 C 城的中华路上　经过阿一铁板烧　上真发廊　宝岛钟表眼镜
我转进博爱街　经过花王冰淇淋　买了一支红豆冰棒　我的同学跟
　　他爸爸
在他家门口洗脚踏车
你转进博爱街　经过西雅图咖啡　买了一杯水果花茶　你的手机忽
　　然响起
是我在你尚未降生的六十年代街头电话亭乱拨号码找你吗？

我的母亲叫我去买酱油　我忘了把用过了的酱油瓶子带出来
我走在春天的街上　它像一列拖着好几节车厢的火车往南方驶去
我坐了许多站　睡觉又醒来　我下车　发现自己站在原来上车的地方
莎凡妮服饰店　整条街的橱窗换了季
秋装上市　欧美名牌精品六折起　新款彩色手机门号免费
唱片行门口排了一列列等候签名的歌迷　我赶快走到中正路
发现本来应该在那里的那一间鹿标酱油不见了　现代彩色冲印　梦工房
在我眼里显现的是一幅幅黑白的画面　东海自动车运输株式会社
筑紫馆剧场　Café 衹园会馆　横滨屋洋服店　冢原博爱堂药销
我走回中华路　找到那一家熟悉的回春药房　勤工钟表　莎乐美理发厅
就在转角的地方　在时间与风景接壤的缝隙　我和你擦身而过

我没有看到你　你转进自由街　走进一家新开的百货公司：
B3—B6　停车场
B2　食品馆·小吃街
小吃名品　饮物　国际名产　面包点心　台湾名产　豆腐渍物　生鲜超市

沪丰上海汤包馆　维特波义式餐坊　雪岳山韩式烧烤　凯蒂诺铁板烧　桃次郎回转和风料理　福馔涮涮锅　旺角木桶饭　泽家南洋料理　上富小笼蒸饭

翰林陶膳坊　大吉屋川味烧　谢谢鱿鱼羹　常春藤果汁吧　同记豆花　缇葀意大利冰淇淋　龙标燕窝　芙萝莉面包　神户风月堂　银座花之帘　奇华饼家　茶月日本豆腐　金久渍物　菲乐优格　广利蔬菜　筑地鱼金　你肚子不怎么饿　你没有停下来吃任何东西　你只是喜欢逛　从早上逛到晚上

B1　精致生活馆

锅具　厨房用品　水晶琉璃　特选瓷器　生活杂饰　家饰　寝具　卫浴沐浴用品

陶作坊　竹艺工坊　仙纳杜　爱佳宝餐具　葛洛莉 SPA 美学　全方位发艺　依芙德伦　雅邸　淇堡名店　瑰珀翠　荷柏园　芳香小铺　蕾莉欧

草本二十四创意坊　绿森林　红妆花艺　法蓝瓷　向日葵纸纤家具

1F　时尚名品馆

国际精品　化妆品　珠宝　饰品　女鞋

MaxMara　NINA RICCI　DAKS　LEONARD　L'OCCITAN　S. T. Dupont
CLAGEN　LORANZO　Aquascutum　TRUSSARDI　POLORALPH LAUREN
GIVENCHY　CERRUTI　LOUIS VUITTON　BURBERRY　HERMES
Cartier　Charlotte　Salvatore Ferragamo　agnes'b　GUCCI　DIOR
Kanebo　shu uemura　sisley　SOFINA　SHISEIDO　DARPHIN　LA MER
CELINE　GEORG JENSEN　dunhill　FURLA　CLINIQUE　CHIC CHOC
RMK　ESTEE LAUDER　GUERLAIN　CHANEL　CLARINS　FANCL
MAC　BIOTHERN　LANCÔME　Elizabeth Arden　AWAKE　AKI
Design Republic　J'star　Unique　L'ECRIN　SOPHIA　Juno　contraire
Soleil　Face　pierre cardin　Benteau　ANNA SUI　MONTBLANC
NINE WEST　MAGY　JAGUAR　JUIE　GREEN PINE　SM　FTP　Niveole

DeMiShuZ DIANA KOKKO K&A JS SENSE 1991 TAS EA AS

2F　少淑女绅士馆

进口少淑女装　高级西服　都会休闲服　领带　男士内睡衣　精品皮件　旅行箱　绅士鞋

KOOKAi MORGAN French Linx PENG'S TARA JARMON OZOC
MK Diffa ELLE Jessica NAF NAF CONECO NARA CAMICIEE
envi PIERRE BALMAIN BARONECE MONTAGUT per-pcs
MORLEY ROCHAS MUNSINGWEAR PGA TOUR PING Wolsey
JAGUAR GIORGIO ARMANI Aquascutum Roberta di Camerino ANGLE
GUNZE GIVENCHY Samsonite Clarks waltz Marelli

站在节节而上的扶梯　你感觉百货公司是城市中的城市　一座上升
　又下降
下降又上升的空中花园

3F　仕女儿童馆

童装　玩具杂货　婴孕用品　童鞋　儿童游戏区　育婴室　休闲食品
淑女装　国内设计师服饰　内睡衣

4F　青春流行馆

流行少女装　钟表　饰品杂货　少女鞋　少女内衣　青春彩妆
　个性流行女装
流行配件　日本进口女装　流行男女休闲服饰　美式休闲

5F　趣味休闲馆·欧式自助餐厅

趣味杂货　图书　文具　礼品　音乐　眼镜　休闲服饰　运动鞋　牛仔服饰
流行服饰　青少绅服饰　运动休闲服　高尔夫用品　少女装

6F　文化馆·催事场·美食餐厅街

你没有看到我转进自由街　走进一家老旧的杂货店
混合着各种食品味道的阴暗湿黏的屋子中间坐着一位沉默的老人
他的面前一张黑亮的木头桌子

我说我要买酱油　我忘了带酱油瓶子　剩下的钱买糖
他给我一瓶酱油　转身打开座位后的瓮子　伸手进去取出一块硬硬
　的黑糖
把它分裂成两半　拿到桌子上的秤磅上仔细量称

我的母亲叫我去买酱油　但我没有直接回家
我走在O城的中华路上　经过天泉银楼　大振帆布　兆丰国际商银
一个完整封闭如字母O的城市
我在银行门口捡到一张电话卡　想要用它打电话　却错插进银行的
　自动柜员机
萤幕上闪现请输入密码这几个字　我随意按了几个号码　画面上出现
你走在C城的中华路上　经过全家便利商店　地中海水族馆　奥黛莉内衣
一个有着小小缺口　小小出入口　张着勾勾　开启如字母C的城市
勾引一座缄口的城启齿　柜员机前面路人的手机忽然响起
是你在我已然不在的另一个六十年代街头打电话找我吗？

二〇〇四·五

肥盟

我是杨玉环
我肥,她们瘦

我在最摩登、当代的唐代
形塑古典美与道德尺寸

我肥,我膨胀
因为三千宠爱在一身

我一人肥而全家惠
姊妹弟兄皆列土
(肥水不落外人田
兄弟姊妹都有粪)

我高举了女权
让天下父母不重生男重生女

我一人肥而天下惠
为了满足我小小的欲望
让爱我的男人广修御道
快马加鞭,把最肥的荔枝
从南方快递到我的舌尖
我加速了交通的建设
我繁荣了水果栽培业

我热衷室内运动
提倡以体育治国
从此君王不早朝
而改做早操

他早也操我
晚也操我
以我的丰乳肥臀为办公桌，为餐桌
为按摩椅
用我的超级罩杯喝酒，喝奶
喝民脂民膏

为了推广肥的美学
为了让后世喜欢看不伦情节的 A 片迷或日剧迷
有新的剧本
我私通了我男人的义子安禄山
让他的肉入我的肉
让两条松垮垮，油累累的多环节的虫
合肥
同乐

我肥了正史与野史
瘦了医疗辞典
让"减肥药"，"瘦身餐"这些荒谬名词
永远从大众传播媒体消失

我是杨玉环
超党派，超族群，超时空的肥盟发言人

二〇〇四·六

连载小说:黄巢杀人八百万

1095

杀杀杀杀杀杀杀杀杀杀杀杀杀杀杀杀杀杀杀
杀杀杀杀杀杀杀杀杀杀杀杀杀杀杀杀杀杀杀
杀杀杀杀杀杀杀杀杀杀杀杀杀杀杀杀杀杀杀
杀杀杀杀杀杀杀杀杀杀杀杀杀杀杀杀杀杀杀
杀杀杀杀杀杀杀杀杀杀杀杀杀杀杀杀杀杀杀
杀杀杀杀杀杀杀杀杀杀杀杀杀杀杀杀杀杀杀
杀杀杀杀杀杀杀杀杀杀杀杀杀杀杀杀杀杀杀
杀杀杀杀杀杀杀杀杀杀杀杀杀杀杀杀杀杀杀
杀杀杀杀杀杀杀杀杀杀杀杀杀杀杀杀杀杀杀
杀杀杀杀杀杀杀杀杀杀杀杀杀杀杀杀杀杀杀
杀杀杀杀杀杀杀杀杀杀杀杀杀杀杀杀杀杀杀
杀杀杀杀杀杀杀杀杀杀杀杀杀杀杀杀杀杀杀
杀杀杀杀杀杀杀杀杀杀杀杀杀杀杀杀杀杀杀
杀杀杀杀杀杀杀杀杀杀杀杀杀杀杀杀杀杀杀
杀杀杀杀杀杀杀杀杀杀杀杀杀杀杀杀杀杀杀
杀杀杀杀杀杀杀杀杀杀杀杀杀杀杀杀杀杀杀
杀杀杀杀杀杀杀杀杀杀杀杀杀杀杀杀杀杀杀
杀杀杀杀杀杀杀杀杀杀杀杀杀杀杀杀杀杀杀
杀杀杀杀杀杀杀杀杀杀杀杀杀杀杀杀杀杀杀

杀杀杀杀杀杀杀杀杀杀杀杀杀杀杀杀杀杀杀杀杀杀杀
杀杀杀杀杀杀杀杀杀杀杀杀杀杀杀杀杀杀杀杀杀杀
杀杀杀杀杀杀杀杀杀杀杀杀杀杀杀杀杀杀杀杀杀杀
杀杀杀杀杀杀杀杀杀杀杀杀杀杀杀杀杀杀杀杀杀杀
杀杀杀杀杀杀杀杀杀杀杀杀杀杀杀杀杀杀杀杀杀杀
杀杀杀杀杀杀杀杀杀杀杀杀杀杀杀杀杀杀杀杀杀杀
杀杀杀杀杀杀杀杀杀杀杀杀杀杀杀杀杀杀杀杀杀杀
杀杀杀杀杀杀杀杀杀杀杀杀杀杀杀杀杀杀杀杀杀杀
杀杀杀杀杀杀杀杀杀杀杀杀杀杀杀杀杀杀杀杀杀杀
杀杀杀杀杀杀杀杀杀杀杀杀杀杀杀杀杀杀杀杀杀杀
杀杀杀杀杀杀杀杀杀杀杀杀杀杀杀杀杀杀杀杀杀杀
杀杀杀杀杀杀杀杀杀杀杀杀杀杀杀杀杀杀杀杀杀杀
杀杀杀杀杀杀杀杀杀杀杀杀杀杀杀杀杀杀杀杀杀杀
杀杀杀杀杀杀杀杀杀杀杀杀杀杀杀杀杀杀杀杀杀杀

(待续)

二〇〇四·十一

辑四：2005—2017

小宇宙 II
——现代俳句一百首(选三十)

01　生中继——
　　我的母亲电话中问我:
　　要不要回来吃饭?
　　注:生中继,日语,即实况(live)转播。

02　争鸣:
　　0岁的老蝉教0岁的
　　幼蝉唱"生日快乐"

05　八九丈清风
　　四方而来:
　　我甘心做一支神的口琴

06　和时间拔河:拔过去
　　薯条粉圆粉刺四季豆
　　拔过来昼夜不舍的流水

07　睡梦中不可承受之轻:
　　已去的恋人无重力的
　　双乳压

08　大逃亡:让我藏身在你
　　里面,像水溶于水,被
　　全世界看见,又没有人发现

10 行动电话,闪烁的关系:
　　大哥大胆,小妹小心。中间是
　　有时必须沉默以对的语音信箱

16 以两本书为枕,潺夜席地
　　而卧,屈腿摇膝觅句的
　　我,是入夏第一首俳句

18 海岸教室:
　　无鹰不起立,有浪才翻书
　　其余一律自由活动

27 在年轻人常去的茶铺遇见我的母亲
　　我不敢置信地盯着她。坐在对面的
　　友人问:你在看哪个美眉?

33 那女侍端盘清桌多轻巧
　　丝毫不知黏在她光滑
　　臂膀你目光之油腻难拭

41 从人间取材
　　和天和地排排坐
　　排出我的俳

42 一二僧嗜舞
　　移二山寺舞溜溪
　　衣二衫似无

43　嬉戏锡溪西
　　细细夕曦洗屣躧
　　嘻嘻惜稀喜
　　注：锡溪，溪名，位置不详。屣，鞋。躧，舞鞋。

47　你的声音悬在我的房间
　　切过寂静，成为用
　　温度或冷度说话的灯泡

48　　　　　……
　　　　　　。
　　　　　，

52　爱，或者唉？
　　我说爱，你说唉；我说
　　唉唉唉，你说爱哀唉

57　停车路边，卧看鼻外清澄的蓝天
　　一只小虫在我鼻尖，仿佛在峰顶
　　此际，我的躯体是家乡的一列山

58　人啊，来一张
　　存在的写真：
　　　　　囚

60　让芭蕉写他的俳句，走他的
　　奥之细道：我的芭蕉选择
　　书写你的奥之细道
　　注：松尾芭蕉（1644—1694），日本俳句诗人，有俳文游记
　　《奥之细道》。

63　小指头破了个洞，不能挖鼻孔
　　今夜的星光，就像点点鼻屎
　　黏在暗暗的鼻孔，不肯掉下来

64　上午强烈地震把化妆台上母亲的
　　珍珠耳环震不见了。下午强烈
　　地震又把母亲的珍珠耳环震回来

69　谁最大：宇宙最大？皇帝最大？神最大？
　　死最大？G罩杯最大？吃最大？——
　　我先去大便

72　因为神的缺席，人发明神话
　　因为死比生面积大，所以鬼话连篇
　　请说一句人话——"干！"

75　多年后重扣心房，我说芝麻开门，所有
　　食物已从你词库删除。我徒劳地置换
　　关键字：黑砂，宝贝，抱歉，爱我……

81 夜莺的家暴法刚通过的一条：
说"不再渴望你"时
不可用过重的嗓音

92 写 email 给没养过滑鼠的曾祖母
谈爱与死：她回我（并且要我转寄）
闪电写成的最古老的电子邮件

97 歪曲的比喻，不伦的
伦理：仁慈的
诗的爱

98 让死亡在你的口袋民宿一夜
体会你对它的好奇与胆怯：
可以试吃试睡，但非正式营业

99 我们对诗的形式愈陷愈深，而世界
依然像拔地而起的巴别塔愈筑愈乱
依赖虚构，我们维持了一本倾斜之书

二〇〇五~二〇〇六

慢板

祖母坐在窗边
(那时她十七
岁,她说)
等候远方的云
缓缓移动到山头
成为她镜中的发
一只猫走过草地
(一只猪也会
但不是现在)
撞倒草地中央
她常坐的小藤椅
她打开收音机
收听雪的消息
但草地很绿
她突然想吃
香草冰淇淋
面包树站在草地
一头,整个下午
一动也不动
胡麻花站在草地
另一头,不时和
她的姊妹交头
接耳。祖母想
静默的树是诗
说话的花也是

她抬头，看到我
背着书包，穿过
草地，扶起小
藤椅，开门
进入屋子看到

祖母坐在窗边
（那时她十七
岁，她说）
等候远方的云
缓缓移动到山头
成为她镜中的发
一只猫走过草地
（一只猪也会
但不是现在）
撞倒草地中央
她常坐的小藤椅
她打开收音机
收听雪的消息
但草地很绿
她突然想吃
香草冰淇淋
面包树站在草地
一头，整个下午
一动也不动
胡麻花站在草地
另一头，不时和
她的姊妹交头

接耳。祖母想
静默的树是诗
说话的花也是
她抬头,看到我
背着书包,穿过
草地,扶起小
藤椅,开门
进入屋子看到

二〇〇六·三

梦游女之歌

我睡着，但我不知我已睡着
我活着，但我不知人生如梦

我闭着眼游行地球，但我不知
我走在蛋壳之上
四周是光滑的梦的断崖
引诱我粉身碎骨

我走到我的爱人床前
拿牙刷，沾牙膏，擦他的皮鞋
准备我们的誓约之旅
他睡着，他不知我们夜长梦多

我走到我的情敌窗前
封住她的窗帘，割断她
公鸡的喉，扭断她闹钟的发条
但愿她长睡不醒，永不见天日

我活着，但我不愿静静活着
我睡着，但我不愿就此睡着

二〇〇七·二

荼蘼姿态

在最灿烂时开始腐烂
生命的春天，春天的
生命。开到荼蘼花事了
韶华胜极，无花开放
只剩下一个"了"字
悬挂在外，告诉大众
这就是你看到的全部
真相，关于春天关于
生命关于如何一朵花
变成一个吊钩而一个
字了却了一切：真烂
怎一个了字了得？你
不服气地盯着那吊钩
发现钩钩底下垂着一
滴高潮后喷精的残余
连着吊钩，在你脑中
形成一个问号一个"？
"，真吊诡的烂，你
更困惑了。方其放时
此悬钩子属蔷薇科木
黄白花重瓣。其黄如
酒，清香扑酒尊，其
白蔓蔓，人称白蔓郎
花上凝结露水如琼瑶
晶莹，芬芳袭人，若

甘露，若女体香，若
梦。委曲周旋仪，姿
态愁我肠。啊，莫非
那是众神发给世人的
一枚勋章（或熏章）
悬挂在现实世界外的梦
一个吊钩，勾起你多
少往事前尘期待想象
一个问号，问你吊钩
冷凝人生究有几多滴
那人立在那儿，他见
过荼蘼花开花谢（他
俊美如白蔓郎的弟弟
在最俊美的年纪，35
岁，人生的中道巅峰
死了）一病而死，一
死了之。他听到自己
对着悬疑的花之吊钩
说："去他妈的人生
真烂的人生，指向腐
烂的人生！"而吊钩
居然回答："来他妈
的花生，真烂的花生
真灿烂的花的一生……

二〇〇七·二

注：诗题"荼蘼姿态"，源自我女儿陈立立2005年所作，为萨克斯风独奏的同名乐曲。

五行

1

木讷者,你的
目光如火
在我欲望的脑土
炼金,搜刮
我的额与恶

2

火熄了
土里头翻出
点点金砂,在
你如砂纸的手上
拂过我肌肤的水面

3

土豆刨冰,软而甜
而凉,金瓜芋泥
清甜柔滑。在我
水晶餐盘捣烂我
用你舌之木杵

4

金刚不坏之鼻
勃起于众香味之上

独怜我体下之香水
噢香客,木舟已发
赴肉汤蹈灵火

5

你的呼吸潮湿有力
凿开一座声音的水库
收容我喉间的漂木
最尖的一片与灯火齐高
越过高潮,欣然入土

二〇〇七·四

狂言四首

1 马克白夫人

a

我是马克白夫人
我脸皮白,乳房白,臀部白
腹部白,腿白,脚白
我的两只手,红红红
黑夜,在蚕食鲸吞白日殆尽前
将欲望与疑惧的霞晖
全数流泄在我手上:
以血写成,一本翻不完
撕不尽的掌中书
我终夜阅读它的刀光血影
边读边睡,边睡边走
每一页书都是峭壁
用匕首般的尖险,诱我,刺我
我的身躯反复坠入万丈深渊
我的手印千千万
鲜红地悬在崖上

b

把超级市场里的矿泉水全部买来
洗我的手
把百货公司所有专柜的香水搬来
熏我的手

把黑麦黑雾碳粉咖啡粉撒在空中
掩人耳目
把胡椒辣椒冰淇淋蛋糕遍送天下
塞人鼻口

2　奥菲莉亚

"要屎，不要屎，那是个问题。"
你踟蹰自语，我焦急不已

要我，就要行动
要果实，就要敢

你张口送我甜言蜜语
不敢动手为亡父复仇

要逼，不要逼，那是个问题
我被逼做好女儿，好妹妹
不敢逼自己成为一个诱你
摘我，释放我的坏女孩

伦理的推土机，把我们
连同我们所爱的花花草草
推到疯狂的池塘

那边有迷迭香，还有三色堇
那边有茴香，还有耧斗花
这边有芸香，还有延命菊
这边有枯了的紫罗兰……

3　茱丽叶

爱是什么？教人废寝忘食
以毒药为补药，以死亡为睡眠

玫瑰如果不是叫玫瑰
是不是一样香？
威而钢如果不是叫威而钢
是不是一样强？
罗密欧如果不是叫罗密欧
是不是一样教茱丽叶落叶
失魂颠倒？

啊，香客
用你的吻吻我上体下体阴户阴宅
用你的手掌围我的棺为神龛

爱是什么？
教人以苦为甜，以死为生

4　普洛斯帕罗

我的魔法杖能呼风唤雨
如同诗人或作曲家，点化
沉舟，从海底唤起精灵
役使他们布置假面空中舞会
和奇妙的音乐，用一支笔
在稿纸的海上圈出一座岛
一个想象与和解共筑的美丽

新世界：昏睡久久的将起来
长久睁眼的将入眠，仇敌成为
情人，疯狂即是健全，死与生
两人三脚，电脑与猪脑同槽……

在蜜蜂吸蜜的地方吸蜜，在
梦隆起的地方储存短暂人生
疯子，情人，诗人三位一体
即便所有精灵最终化作空气
一阵音乐，给爱情以食物，给
虚无飘渺的东西以档名，位址

二〇〇七·六

注：此诗四个标题人物，分别出自莎士比亚戏剧《马克白》，《哈姆雷特》，《罗密欧与茱丽叶》，《暴风雨》。威而钢（Viagra），又名"万艾可"或"伟哥"。

片面之词

木

以一棵树之姿
你立在那儿
我卯足勇气
走近

你赐我柳下之惠
在语字的阴影里
休息
任金黄的柳条
坐我的怀
　　迷而
不乱

口

你闭口
我口闭
等待通向你的名的沉默的入口
名而不必实
抽离一切表相的
意念的再结晶

品：
比晶还要精

在众声众味之上
去品
去体
去会

目

纯粹的眼睛
诗眼
囚禁不轨的文字的监狱之窗
灵魂的刀梯
凌迟记忆体不足动作过缓档案过于庞大的电算机的铁算盘
圈住头圈住颈圈住手圈住指的枷
断肢的耳
日复一日的凝视
目空一切后傲然凸出的鼻
多美啊
多宝
貝
那不断挤压后骤然的
喷发

鼻血
眼泪
双穗

二〇〇七·十二

注：此诗为我所作的"隐字诗"之一，所隐三字，第一首为柳，第二首为品，第三首为贝。

五胡

ㄅ

你开口咬定我是
凶恶之徒

ㄆ——

不,我不凶

我是割下肉
袒匈与你们交心的
平常人

十

把我立在十字架上
飘一条色带示众

我有罪
我狂想

用石头砸我
让我成为一座碑
鲜血流溢,覆盖
书写我指责我的石指
覆盖我
成为谦卑的

鲜卑

羯

我被阉割
我无口而喝
一头羊
一头躯体扭曲
喝残缺的美而
自足的你们眼中的
异类：

羯

儿

尔爱其羊
我爱其儿

你以为是羊面人身的
我的两只脚
但跟你一样
是人

我是羌
我是人
我无恙

氐

你们自居世界的中心

你们高

我是边缘
我低

我没有名字,没有文字
我的脸就是我的姓氏

我在我的下颚刺青
自我命名,看清楚——
氐

非你族类
非人的
低

断手缺笔
依然抵抗

抵中心
抵高尚
抵神祇

二〇〇七·十二

注:此诗所隐五字分别是匈、卑、羯、羌、氐。"匈"为匈奴语 Qun 之音转,其义为"人","奴"为汉人所附加。"匈"也是"胸"的本字。"儿","人"的古字。

字俳（三十首选九）

铃

其声属金，金属的
令箭，钉钉铛铛，叮咛
你：撑撑撑冲冲冲

犀

那兽有角，生鼻上，犀利
无比。我梦见它在我梦
境外逡巡，遲遲遲遲不入

件

我不知道该称之为字俳或
牛俳，但我对牛弹琴，写诗
并且很高兴留下此一文件

出

同志们，吾人之出柜并非
从今日始，看出来了吗
象形我们接合的伟大标记

國

國破衰亡简史：
國，或，戈，弋，
匕，乚，丶，

兕

我的兄长是诗人兼乩童,昨天
起乩,把自己撞成一头雌的
犀牛——兕——看起来有点兕

達

土羊走失了!那今年冬天
我们无法吃羊肉炉,你
煮酒,我谈诗了,友達们

海

每每是水——而且是大片
大片的,有颜色,在你眼前
但也有非水的,譬如苦海

贺

比宝贝更加宝贝,我是说特立
突出,用声音形象色泽气味
惊奇我们的诗人,可喜也此贺

二〇〇七·十二

国家

家家家家家家家家家家家家家家家家
家家家家家家家家家家家家家家家家
家家家家家家家家家家家家家家家家
家家家家家家家家家家家家家家家家
家家家家家家家家家家家家家家家家
家家家家家家家家家家家家家家家家
家家家家家家家家家家家家家家家家
家家家家家家家家家家家家家家家家
家家家家家家家家家家家家家家家家
家家家家家家家家家家家家家家家家
家家家家家家家家家家家家家家家家
家家家家家家家家家家家家家家家家
家家家家家家家家家家家家家家家家
家家家家家家家家家家家家家家家家
家家家家家家家家家家家家家家家家
家家家家家家家家家家家家家家家家
家家家家家家家家家家家家家家家家
家家家家家家家家家家家家家家家家
家家家家家家家家家家家家家家家家
家家家家家家家家家家家家家家家家

二〇〇八・一

白

白白白白白白白白白白白白白白白白白白白白白
白白白白白白白白白白白白白白白白白白白白白
白白白白白白白白白白白白白白白白白白白白白
白白白白白白白白白白白白白白白白白白白白白
白白白白白白白白白白白白白白白白白白白白白
白白白白白白白白白白白白白白白白白白白白白
日日日日日日日日日日日日日日日日日日日日日
日日日日日日日日日日日日日日日日日日日日日
日日日日日日日日日日日日日日日日日日日日日
日日日日日日日日日日日日日日日日日日日日日
日日日日日日日日日日日日日日日日日日日日日
凵凵凵凵凵凵凵凵凵凵凵凵凵凵凵凵凵凵凵凵凵
凵凵凵凵凵凵凵凵凵凵凵凵凵凵凵凵凵凵凵凵凵
凵凵凵凵凵凵凵凵凵凵凵凵凵凵凵凵凵凵凵凵凵
凵凵凵凵凵凵凵凵凵凵凵凵凵凵凵凵凵凵凵凵凵
凵凵凵凵凵凵凵凵凵凵凵凵凵凵凵凵凵凵凵凵凵
―――――――――――――――――――――
―――――――――――――――――――――
―――――――――――――――――――――
―――――――――――――――――――――
‥‥‥‥‥‥‥‥‥‥‥‥‥‥‥‥‥‥‥‥‥
‥‥‥‥‥‥‥‥‥‥‥‥‥‥‥‥‥‥‥‥‥
‥‥‥‥‥‥‥‥‥‥‥‥‥‥‥‥‥‥‥‥‥
…………………………………………
‥‥‥‥‥‥‥‥‥‥‥‥‥‥‥‥‥‥‥‥‥

二〇〇八・一

慢郎

急惊风的我，寻找你已经半世纪了
慢郎，听说你住在古代中国
（所以又叫慢郎中）很慢很慢
生年不满百可以怀千岁忧的古代
你没听过弗洛伊德，没用过
手机，email，或即时通
焦虑，不安，神经质，镇静剂
这些词汇还没丢进你们的搜索引擎
你不知道什么叫天秤座，什么叫
摆荡与反摆荡，什么叫朝九晚五
什么叫高铁，捷运，子弹列车
什么叫快感，快锅，快餐，快乐丸
你们最快，不过是用一把快刀
斩乱麻或抽之断水（而麻照乱
水更流）或者振笔疾书快雪时晴帖
一个月雪融后到达收件者手中
急啊，你知道吗，应该用快递或
宅急便，或者传简讯。我替你着急
漫不经心，慢条斯理，慢工出细火
不是我的风格。我自然也有慢处
我傲慢，我自大，对于不仁的天地
浩瀚的宇宙，那爬到高不及101
大楼的幽州台，前不见古人，后
不见来者，念天地悠悠，独怆然
泪下的陈姓诗人，绝不是我

我轻慢，对千百年来重不可移的
礼教制度国家民族机器
贞节牌坊纪念柱纪念碑
我漫骂一切我不爽不耻不屑者
而很快地，我的骨头也重得像铜像
我不喝啤酒的啤酒肚，我很轻的
青春，很薄的一夜情，随风远扬
我轻薄一切单调重复僵硬迂腐者
腐儒腐刑腐臭腐旧腐烂文章
而我的牙齿毛发器官也不免
或蛀或落或失色或失灵——
它们来得太快，慢郎，教我如何
慢一点，让它们慢一点
让时间，让快乐，让焦急的心
在这岛上，在现代，在后现代
慢慢地傲慢，轻慢，怠慢
慢慢地老去，朽去，松去

二〇〇八·一

废字俳（十首选五）

囮

你的脸是发光的木制陷阱，诱
我入内。啊你的话　是更诱人
的陷阱，让我甘心化作一只鸟

庈

它的意思太多，太深了。我也想把
今天存放在仓库，冰库，金库里
随本今生利息，翻出更多金亮的今

呇

是水的出口，不是口水
闪亮的群星刚从夜之
喷泉涌出，好湿，好凉

居

所占者身体的肥缺：除了死之外，谁
占有其位，谁就有活力，屎滚尿流
屎屙，且能屙能尿。空着，等于死了

岁

歌唱夜以及她的巢穴：它是如此
巨大的地下宫殿，像卵巢，像子宫
让一切成夕暮者入幕，孕育来日

二〇〇八·一

注：标题这些字应都是废字或罕用字，选自我诗集《苦恼与自由的平均律》中〈情诗〉一诗。"囮"，音额（é），鸟媒，系生鸟以诱同类之鸟者，又通"讹"。"玪"，音琴（qín），古人名用字。"杍"，音起（qǐ），明亮之星，同"启"。"厷"，音单（dān），意未详。"昳"，音跌（dié），太阳偏西之意。"穸"，音西（xī），埋葬或墓穴之意。

慢城

山很慢
风很慢
云柔软操很慢
啄木鸟打字很慢
面包从面包树上掉下来很慢
海抽用面纸很快

火车很慢
报纸很慢
银行抢劫歹徒拔枪很慢
政党轮替很慢
百货公司开门很慢
阿卿嫂洗澡没关窗消息传播很快

下午很慢
光很慢
哲学家吃豆花很慢
雪连线很慢
梦赏味期限到达很慢
快乐分类回收很快

二〇〇八·六

唐诗俳句（十二首选四）

1

人生不相见，动如参与商，
今夕复何夕，共此灯烛光。
少壮能几时，鬓发各已苍，
访旧半为鬼，惊呼热中肠。
焉知二十载，重上君子堂，
昔别君未婚，儿女忽成行。
怡然敬父执，问我来何方，
问答乃未已，驱儿罗酒浆：
夜雨剪春韭，新炊间黄粱，
主称会面难，一举累十觞。
十觞亦不醉，感子故意长，
明日隔山岳，世事两茫茫。

——用杜甫〈赠卫八处士〉

9

床前明月光，
疑是地上霜，
举头望明月，
低头思故乡。

——用李白〈静夜思〉

11

十二楼中尽晓妆,

望仙楼上望君王。

锁衔金兽连环冷,

水滴铜龙昼漏长。

云髻罢梳还**对镜**,

罗衣欲换更添香。

遥窥正殿帘开处:

袍袴宫人扫御床。

——用薛逢〈宫词〉:对镜,对着望远镜也

12

慈母手中**线**,**游子**身上衣。

临行**密密**缝,意恐迟迟归,

谁言寸草心,报得三春晖。

——用孟郊〈游子吟〉

二〇〇八·六

闪电集

01　收到了吗宇宙，我的一闪而过的简讯，我的小宇宙
02　你胸前的高丽菜长得真好，被我们的目光掩盖，灌溉
03　春夜：那女孩用诗的身体迎接她弱智堂叔经年吊露在外的下体
04　雨滴又在屋檐下练唱，声声自慢
05　你握着新做的握寿司说鲑鱼肥了，肥大的是比生鱼片难料理的心室，心事
06　白马非马，大象非象，旧痛非痛：如何有名无实，视颜色重量记忆如无物？
07　形而上的花枝伸及海成为花海，躯干在岸边形而下成沙
08　思想自立山头为王，罢黜修辞的女官，以额际磅礴的雨为国书
09　黄粱一梦：电饭锅里的饭刚煮熟，唐朝诗人来电说悲哀是公共财产权
10　风檐展书：不识字的麻雀在窗边举行有声书展
11　他想要存取水面岩面甚至她声音的波纹，时间帮他在脸上完成了下载
12　我的美学纲领比夜色薄，你的体香在风中自成学派
13　容许远山彼此校订听觉，每夜的星光都是神的梦呓的误译
14　你们是举重若轻，把语字的石头推上推下的西西弗斯：1CC浮丝可以成就百公吨美感
15　我若有所思希望住在你心里，你肉有所思希望爬到我床上
16　Shikibu, Shikibu：你们的歌在我指甲上彩绘珠玑，每次翻阅，一阵紫色的叮叮当当
17　明义小学，我们每日随意散步的地方：日光，月光，一头羊，和我
18　花岗中学：我们传播坏思想、硬个性、色书刊，还好没有全岛

变黄让自己成为烈士

19　花莲女中像电信局批发闪电，我们拿着一只伞羞怯遮掩走过像拿避雷针

20　青春期，好大一面旗子：头已经驼进老年，屁股还在旗影里

21　那间钟表店秒针说：我支持一间两制，我在我的空间玩我的，不管他们时间

22　不，它不叫闪电而叫爱，不然何以尖亮如铁钉，刺在心里却像冰淇淋？

23　秋天在荡秋千，把夏虫荡成语冰的蝴蝶，秋千，千秋：永恒的羽翼

24　坐下来，马桶也能世界大同，男有分，女有归，矜寡孤独废疾者皆有所养

25　闪电也想回家，像所有天涯游子，你看到它，你收容了它

二〇〇八·八

注：Murasaki Shikibu（紫式部）、Izumi Shikibu（和泉式部），日本平安时代两位女性作家、短歌作者。

翩翩

她喜欢吃树叶
以及一切含叶绿素的
天然或有机食品

她也让我吃树叶
并且慢慢地让它们从我的身上
长出来,成为遮蔽我下体的内裤
成为和红男绿女们争奇斗艳的我的
波罗衫,我的慢跑裤,我的晚礼服

她是一只披着人皮的狐
而她把树皮树叶和对我的爱
披在我身上,让我光鲜耀人

她翩翩如蝶,我亦如蝶翩翩
我们翻飞欢飞,交颈交尾
不似在人间

但不该的是
我突然想吃生鱼片
夜店里,那些人鱼
用她们的肚,她们的胸喂我
让我加入她们的鱼水之欢

我竟成为一尾鱼,一尾

掉光鱼鳞的鱼,在回家的路上
看到身上的衣裤纽扣皆化成枯叶
坠落一地

二〇〇九·五

达达

我终于到达她
辶形之床
一张浮于世界之海的水床
从一个疲惫的游客变成遊客
同样疲惫，因不断的遊乐

她行幸于我，在她
辶形之床
令我以一小小身外之体触她呼喊
达达
我进她进
我退她亦进，声音
由远而近，由近而远
她逼迫，我迎送
我们逍遥迤逦逗遛迁延，体道迭迭邂逅
达达达达达达达……

我们一同到达马达雷达震动器等运输侦探工具无法到达之境
请述其迂迴
这——怎么说

达可达，非常达

二〇〇九·五

历史上的运河

历史上的运河,最长的
当属隋炀帝杨广先生开凿的
南北大运河,为了一睹琼花
之美,南下扬州迷楼寻欢
作乐,他让一条阴道向阳
从北京流到杭州,从古代
流到现在,其长,十数倍于
千年后番邦之苏伊士运河
三十倍于巴拿马运河,千万
倍于你体内那条秘密运河
逝者如斯,他多么希望
人生是一条永远欢乐之河

我在你体内开凿历史上最
短的一条运河,承先启后
以体下伸出的一具怪手,在
我被应许的施工期间旦旦而
掘之,日通夜通,为了双向
运输彼此的快感。一个不求
酬劳,不屑礼义的义工,我的
辛苦就是我的回报,越累越
富有。我用每一次溢出的体液
汗湿维持你渠道的流畅,水声
让我愉悦,虽然我知道人生
是一条比你的运河还短的运河

二〇〇九·六

残篇
——在一张残损的狐皮上见到的

香味

 你

    远去的

我

  今夜

    今夜

二〇〇九·六

简单的圣歌

1

我喜欢星期天
不上班
改上你慵
懒
觉堂
的
主日学

2

圣者啊
教我
背德
虽感
罪恶
但我
喜悦

3

天使来访
我们不在
我们有
重要的事
我们出去

吃豆花

4

天使来访
我们又不在
我们有
重要的事
我们肩并肩
看海

5

田中央
我们做形体
色彩与光影
的构图练习
并且把它
搬回我们的
榻榻米
称之为
朝圣归来

二〇〇九·九

三貂角·一六二六

我们沿着岛屿东岸向北航行。东方：
帝国与教会与梦一致的方向
那异邦的水手们曾对着它呼喊
"福尔摩沙"，而我觉得离开吕宋岛
离开卡迦扬港，一路颠簸到此
五月的和风中，这海的蓝这岛的
绿是好的。大划船上的水军们
争着对我说："巴特罗梅神父
为我们唱一曲歌赞我们西班牙
保护神，歌赞圣徒雅各的歌吧
他在不远处盯着我们……"
浪扑面而来，他们亢奋地大叫
Santiago y cierra España，一如
几个世纪前，一同呼着战号
向摩尔人冲杀的我们的祖先
圣主保佑，冲啊，西班牙万岁！
我的确看到不远处一只明亮的
眼睛在看着我们，在岛屿最东
而北的岬角，阳光下眨着
翁郁的树的睫毛招唤我们
虽然一只黑蚊不时在我眼里飞旋
不管多少次我试图用祈祷书将之
挥去。Santiago y cierra España
这岛屿绿巨人额上的独眼越来
越近，水军们一拥而上，毫

无抵抗。美丽的岛用无需翻译的
美征服他们。感谢圣主,让
这梦的岬角以你的名为名吧
东方之东,梦的额头上向未来
发光的梦的眼睛:Santiago
一路上新受洗的岛民们跟着我
回望那见证我们矛盾战绩的地标
我不知道以后他们将如何
翻译它:圣地牙哥,神的牙膏
或者三貂角?我没有看见任何
一只貂,虽然我看见两只狗
和一只盘绕在我眼中,挥之
不去的黑蚊。愿神的蓝色牙膏
荡涤这美丽的梦眼,用水蓝色的
水,用天蓝色的牙刷,刷洗我
眼中新长出的蛀牙,Santiago
因你的名,我们的目光历久弥新

二〇〇九·九

注:1626年5月,西班牙驻马尼拉总督派大划船(galera)从菲律宾卡迦扬港(Cagayan)出发,前往台湾,西班牙人沿东海岸北上,到达台湾本岛最东境的北方岬角,将该地命名为"圣地牙哥"(Santiago,今谐音为"三貂角"),接着进入鸡笼港,名之曰"至圣三位一体"(Santísima Trinidad),并在社寮岛举行占领仪式,且开始筑城,城名"圣萨尔瓦多"(San Salvador,圣救主之意)。登上三貂角的西班牙远征军三、四百人中,包括了神父巴特罗梅·马地涅斯(Bartolomé Martinez)和五位修士。Santiago,耶稣的十二门徒之一,即圣雅各(San Jacobo),为西班牙的保护神。Santiago y cierra España,西班牙人与摩尔人作战时呼的战号,意思为"圣地牙哥保佑,冲啊,西班牙万岁",或"圣主保佑,西班牙必胜"。

圣多明哥·一六三八

这雨后的城堡多像滴着玫瑰香油的
神的餐盘,三座木造改石造的小
棱堡和一座瞭望台:多么像神赐给
我们的三个小面包和喝水的杯子
城堡下,那宽阔的河流淡淡的水色
穿过木栅围绕成的广场,映进我们
每日的水杯。淡淡的水,淡淡的生活
的滋味。那一年,大划船入港后
在新命名的至圣三位一体城,我们
把十字架与国王旗帜竖立在岸边
火绳枪与教理书同样地让岛民们
好奇,惊讶。那些散拿社的居民们
其实是质朴而良善的(虽然他们
杀了我们几个同胞),防风的树林
让他们住的小山丘凉爽又御寒
那些桃子与柳橙果树让我相信地球
是圆的,梦和乡愁的形状也是
不然何以我吃过它们后,那么轻易
就回到家。那些来到这里的大陆人
教岛民们栽种稻米与甘蔗,丰富的
物产让他们食无忧,快乐有余
但我说,让天主的爱在肉之外丰富
他们的灵。一个世纪多前我的同胞
哥伦布在另一座大洋边,在西班牙
以外的西班牙岛上,建立了一个

圣多明哥城。我们也称它圣多明哥
因为我们喜欢那喜欢讲道与神学
喜欢我们念玫瑰经的圣徒多明哥
因为，坐在这里，听那河水淡淡地
流着，就像一首歌，一首在不远处
那所朴素的玫瑰圣母堂里，我们
试着用散拿社居民的语言唱的
赞歌。我们把军营里供奉的圣母像
奉献给圣母堂，节庆的时候，我们
把圣母堂里的圣母塑像抬往散拿
部落的教堂，举行弥撒与祝典
居民们用他们简单而野的舞蹈回敬
不太愿意我们把圣母像运回圣母堂
一如我不太愿意相信，节庆后他们
狂野的舞蹈会一圈圈扩大到这城堡
翻做火球彻夜摇滚……我们终于用
石材重建了它们，木质与石质
念起来一样好听的圣多明哥……
我们不愿意相信，在马尼拉的
我们的总督，会下令我们毁城
撤军，让同样红毛的荷兰人，踏在
我们的砖石上，建立他们的红毛城
这雨后的城堡多像滴着玫瑰香油的
神的餐盘，一座瞭望台，把宽阔的
河流淡淡的水色，倒进我们每日的
水杯：淡淡的水，淡淡的时间之味

二〇〇九·九

注:1628年,西班牙人占领淡水,在散拿(Senar)社少数民族所在地筑"圣多明哥"(Santo Domingo)城,即今红毛城。1492年,哥伦布登陆今加勒比海区多米尼加西北端,将整个岛命名为西班牙岛,1496年在岛上南边建立圣多明哥城,为欧洲人在新大陆所建第一个永久殖民地。Santo Domingo(1170—1221),为西班牙天主教圣徒,多明哥修会(正式译名为"道明会")的创建者。随西班牙军至淡水的道明会士,在淡水建立了第一所教堂,名"玫瑰圣母堂"。1636年,淡水少数民族叛变,焚毁原以木头筑成的圣多明哥城,次年西班牙人以石材重建,完成后不久,于1638年接获菲律宾总督之命令毁城撤军。荷兰人攻占北台湾后,于1644年动工重建,命名为"安东尼堡"(Fort Antonio)。

新港·一六六〇
——Tiladam Tuaka 的祈雨祭

来到我这里之前你们要斋戒禁欲
留意梦境以及鸟鸣。妇女们要
摆献铁刀,刈除野草,篮子里
放好戴的帽子,小陶罐,手环
臂环,向神灵祈福。男人们要
献上小米酒,蒸饭,槟榔,荖叶
猪肉,祈求你们刀箭与矛锐利
然后你们要带着酒来,大声欢呼
向着我。我——Tiladam Tuaka——
我们西拉雅人驱邪的祭司,神灵的
女儿,让曾受红毛牧师洗礼的你们
身心重新荡涤受洗的真正施洗者
献酒!你们双手各举起一大罐酒
否则神灵不喝!神灵很快会带
我到天上,穿过一条光之阶梯
一条脱光衣服,一丝不挂才能
贴身稳立,步步登上的天梯
给我酒喝,看我发光的上体
看我发光的下体,看站在公廨
屋顶上张开如喷泉的我的私处
你们的猪肉让神灵吃得饱又爽
现在他们渴了,要我像猪母泄尿
把喝下的酒全部尿出来。神灵说
我放一座山的尿,他就赏赐我们

一座山的雨，我放一座海的尿
他就赏赐我们一座海的雨。快给我
酒喝，给我酒喝，让尿山尿海
带给我们丰年。我的喷泉是自动
调酒器，自动供饮机，给神灵
也给你们琼浆玉液，喷出一串
又一串水的烟火，看我的私处
多慷慨而神的公开的一人乐团
随着我手指的抚摸，拍打，伸入
抽动，奏出种种奇妙的音乐。跟着
我的呻吟呻吟，跟着我的呐喊呐喊
你们也要赤身裸体，跟随我登上
光溜溜的天梯，到达神灵的唇的
舌神灵的鼻的额的脑，像一棵
枝桠丛出的巨大水树从神灵的
天庭盖喷出：集体的狂欢，集体的
高潮。我躺在屋顶，丰富厚实得
像一座山一座海，快抬我到下面
公廨里，让我喝更多酒，泄更多
尿。摘下覆在你们心上最后一小块
遮阴布遮阳布，带着一颗全然
潮湿的心回去淫荡你们的姊妹
女儿，兄弟，邻人，路人，和他们
行淫交流，挨家挨户饮酒直到天明
为了带给我们丰年的雨水。我知道
他们将把我流放到诸罗山，流放
到巴达维亚。但我将回来，每一次
大雨下降时你们将看到我回来……

二〇一〇·三

注：此处新港（Sinckan），指新港社，为十七世纪台湾少数民族西拉雅人四大社之一，在今台南新市一带。新港社为台湾最早接触西方文化的区域。1626年，荷兰人在新港兴建教堂传教，并以罗马拼音书写其语言；1635年五月，第一所学校在新港建立，约有七十个男孩，六十个女孩入学。1639年十月，荷兰台湾长官范得堡（Van der Burg）在写给总督的报告中，提到新港社总人口数1047人，全部男女及小孩皆受洗，其中119对夫妇依基督教典礼举行婚礼。而其实西拉雅人传统宗教与相关习俗仍顽固地存在于其生活中。荷兰地理学者Olfert Dapper 于1670年出版的《第二、三次荷兰东印度公司使节出使大清帝国记》(*Gedenkwaerdig bedryf der Nederlandsche Oost-Indische Maetschappye, op de Kuste en in het Keizerrijk van Tasing of Sina*) 中，描绘了一位苏格兰人 David Wright 所述西拉雅人年中的一些节庆。此诗所写西拉雅人女巫（尪姨）勝淡·大甲（Tiladam Tuaka）的祈雨祭，即其一。Dapper 说 Wright 在台湾停留若干年，直至荷兰人退出台湾（1662）之前。参阅翁佳音,〈西拉雅人的沉默男性祭司：十七世纪台湾社会、宗教的文献与文脉试论〉("中研院"民族所《族群意识与文化认同：平埔族群与台湾社会大型研讨会论文集》, 2003）。

五妃墓·一六八三

我们躺在这里,五个人,五张嘴
透过历史,你们听到的却是一个
声音,被男性之手调配的声音
你们先听到我们所侍的宁靖王
说:"孤不德颠沛海外,冀保余年
以见先帝先王于地下,今大事已去
孤死有日,汝辈幼艾,可自计也"
他雄伟,声弘,善书翰,喜佩剑
却沉潜寡言,勇敢无骄。二十七岁
他父祖的帝国崩溃,随福王鲁王
唐王桂王一路南下,换领帝号
如车号,由厦门而金门,四十七岁
来到这新名为东宁的岛屿台湾
我们随他在竹沪拓垦荒地数十甲
采菊,抚髯东篱下,悠然见波浪
的确是安宁的乡土。而他说他不做
降清的顺臣,六十六岁他要殉国:
"我之死期已到,汝辈或为尼或
适人,听自便!"然后是我们五口
同声:"王既能全节,妾等宁甘
失身,王生俱生,王死俱死,请先
赐尺帛,死随王所。"我们相继
自缢于中堂。据说次日他悬梁
升神前,先将我们葬于魁斗山后
烧毁田契,把土地全数还给佃户

我很想说我不想死（你们猜这是
谁的声音，袁氏，王氏，秀姑
梅姐，或荷姐？）我很想伸手
拦一截未尽燃的田契，在这里继续
种田莳花，直到老树垂荫，芳草
碧绿，或者，为了让后来的你们
仍保有一个五妃里，一条五妃街
并且在夏天，逛过五妃庙后和
喜欢的人一起牵手到附近街上
吃杏仁豆腐冰，我愿意一死——
但让我在赐给我的帛上写"我怕"
我怕墓上的碑铭让你们以为
"从死"是唯一的美德，我怕
你们觉得庭院里摇曳的都必须是
忠孝节义的树影，伦理的微风
我们躺在这里，不封不树，我们是
后来城市后来体育场后来街道后来
车声人声的一部分，而一个声音
提醒你们我们是复数，也是单数

二〇一〇·二

注：五妃墓，在今台南市五妃里五妃街，为明永历三十七年（清康熙二十二年，公元 1683 年）随殉国之宁靖王（朱术桂）自缢的其五姬妾之墓，原为不封不树之墓，至乾隆年间始立墓碑曰"明宁靖王从死五妃墓"，并在墓前建庙，后多次重修。

下淡水·一七二一

——第一届台湾区运动会团体械斗大赛

报名资格：居住满一日之移民（组队参加，不接受个人报名）
报名队伍：闽队（人数万余；领队：朱一贵）
　　　　　粤队（人数万余；领队：杜君英）
比赛地点：下淡水溪流域及其以北地带
比赛时间：一七二一年五月、六月
比赛办法：器械自备，刀枪棍棒针筷牙齿指甲皆可，死伤一人失一分
比赛成绩：

	闽队	粤队
初赛（地点：府城）	-380	-1860
复赛（地点：半线上下）	-2250	-465
决赛（地点：下淡水）	-4570	-112
优胜		

二〇一〇·三

注：康熙六十年（1721）五月，在台闽籍移民朱一贵与粤籍杜君英率众合攻府城（今台南），进入府城后，两股势力利益分配不均，遂发生冲突。闽众围攻杜氏，杜氏率粤人遁往北路，沿路残杀闽人，半线（今彰化）上下，多被踩蹋。六月，闽人纠党数千，至下淡水（今屏东），图并粤庄，连日互斗，各有胜负，后粤庄竖大清旗，闽人溃败，迭遭截杀，群奔至下淡水溪，溺死无算，生还仅数百人，粤人则有112人死伤。此为台湾史上首次闽粤分类械斗。

十八摸

趁黑，摸摸我们的心，修改
一下密码，免得被失恋者盗用；
趁黑，摸摸我白得像瓷匙的手，
如果你渴，用它舀饮我胸前的夜色；
趁黑，摸摸夜空中那透明的ㄇ字，
ㄅㄆㄇㄈ，我给你我的球门，给你ㄇ；
趁黑，摸摸它金黄的门柱，用似是而非
半推半就的语言和虚拟的守门员荡秋千；
趁黑，摸摸天阶上的钢琴，宇宙一世只租给
我们一次音乐厅，听觉要攀走仙界的钢索；
趁黑，摸摸我鼠蹊旁的香水瓶，用一次次的
深呼吸掀开它的瓶盖，掀开我的人间——
趁黑，摸摸岛屿脊椎尽处的鹅銮鼻，它也
有个鼻子在呼吸，它张开鹅銮，我张帆；
趁黑，摸摸排湾人头目的琉璃珠，越来越胖
的百步蛇变成鹰，羽毛插在我的发当中；
趁黑，摸摸童话的铁夹，中了陷阱的山羌
逃脱留下断脚，做成一〇一个小米粿的馅；
趁黑，摸摸我小米粿的馅，在我圆圆软软的
胸盘上，用它喂夜夜更夜，用它止饥饥更饥；
趁黑，摸摸卑南小孩的歌，猫头鹰会来抓眼睛，
睡吧睡吧在我肩上，催感伤的动物们入眠；
趁黑，摸摸岛屿中央巴宰海人的铜锣，一边
敲打一边烧火，烧我身上的茭白笋田；
趁黑，摸摸红头屿的芋头，摸两下他们说是
sosoli，快摸一下，啊 soso，变成我的乳房；
趁黑，摸摸三貂角的眼，不见貂影，只见
月光，在大划船划过的我肩胛的海岸线；
趁黑，摸摸哆啰满的唇，金闪闪的溪流
穿峡谷，吹奏出口簧琴细秘的声音；
趁黑，摸摸我肌肤上沉积的金沙银沙，
你的立雾溪在我身上制糖制盐；
趁黑，摸摸这一颗漂流的球，从
黑水沟漂流到我的白膝湾；
趁黑，摸摸你的金球鞋，
我给你球门，给你ㄇ，
你给我提脚，
送它入
门……

二〇一〇·九

注：ㄅ、ㄆ、ㄇ，为注音符号，相当于b、p、m这三个音。鹅銮鼻，为台湾最南端的岬角；鹅銮，排湾语"帆"的译音。哆啰满，我的家乡花莲旧名之一。

四首根据马太福音的受难/激情诗

1

虫子咬锈你的心
你全身黑暗
你里头的光
暗暗纺线
如花一朵
野地里一天一天
刺你的眼
把珍珠叩开

2

凡人没有一个有异能
你们吹笛
你们跳舞
也吃，也喝
有耳可听
行坐街上，招呼同伴
有什么比这最小的事好呢？

3

把我的头放在盘子里
叫木匠擘开锁住的忧愁
叫女子们在前跳舞
舞开复活的口

给它吃饼，吃鱼
吃满篮的海风

4

去海边把大大小小的银鱼
钓上来，照亮
百只羊中
那一只迷路的羊的路
给世上的孩子们欢喜

二〇一二·四

注：此四首"再生诗"根据圣经公会1967年在香港发行的和合本中译圣经里马太福音一篇，圈字重组而成。第一首出自第8页，第二首出自第15页，第三首出自第20—21页，第四首出自第24—25页。巴赫有《马太受难曲》。构思这些诗时，我因手疾、背痛数月，不能使用电脑或提笔写作，兼又脚伤，身心交瘁，困顿中只能以此"半自动写作法"将受难（passion）转成另一种passion（激情/热情）。既再生马太福音已有之文字，也企图再生、复活自己身心的力量。标题译作英文大概是"Four Poems of Passion According to Matthew"。

十四首取材自梁译莎士比亚十四行诗的十四字诗

001 最美的风流
　　用饥馑做燃料：
　　饕餮罢！

002 音乐的甜与苦：
　　和谐而孤独的
　　夫妻

014 我的星象学
　　从你两眸
　　预报流星雨

019 时间的利牙
　　把一切美
　　镌刻在诗额

023 笨拙，忘了戏词的
　　野兽：
　　我用眼求爱

052 稀世乐：
　　稀松平常的珠石
　　在你颈上

054 夏风吹破
野蔷薇的颜色
炼出香液

076 我的诗
宣示我的名字——
陈衣变新裳

110 斑衣小丑：
对路人我廉售
贵重情感

112 人间闲话：
世界口中——
一诽谤的深渊

114 帝王的炼金术：
妖怪成天使
坏即爱

118 过度的幸福
像泻药
泻温柔成苦汁

119 泪的蒸馏器：
情欲之浆
狂烧的眼眶

141　你的五官
　　招我心共筵：
　　我六神无主

二〇一二·四

注：此十四首诗取材自远东图书公司出版、梁实秋中译的莎士比亚十四行诗集，每首圈选十四字重组而成。莎士比亚诗共154首，此十四首三行诗前的数字即莎士比亚原诗之编号。

五十五首取材自拙译聂鲁达《一百首爱的十四行诗》的三行诗（选十五）

02 混乱何其漫长：
　　我们有的只是衣服、
　　臀部、根部的三角洲

06 被飘浮的梦的香气
　　所伤：广大的秋天
　　在我舌下秘密歌唱

08 时间在你怀间揉制
　　琥珀色的面包：火的日子
　　生机勃勃的星期

09 死亡的圆周在海上迸裂为
　　光之碎盐，周而复始地落下
　　消逝，又绽放迷人的浪花

22 月光的手电筒闯进你腰身的吉他
　　拨弄大海的汹涌声：阴影里
　　我错偷你的照片，然而抚摸了你

40 六月的海寂静如铁，苦恼的海藻
　　因你指甲的璀璨，被遗忘在
　　沙里，南方的光给我的纯净礼物

42　日子仍然保有它们矩形的纯粹：日光，
　　水，面包，夜的蜂蜜；海，绿树，火，
　　月亮：以一片树叶抵达亮丽的世界

45　我走远了，体内剧痛浮现，一天是很
　　漫长的，心奄奄一息，连一分钟也不行
　　我会回来吗？我问道。你说：别流浪了……

55　苦恼渗透我的睡眠，带着疾病的碎玻璃
　　日夜围攻床铺、墙壁，无人能无的
　　家族旅行，无止尽运转的存在的大汤匙

73　黑发的女子，你面容如刀，残暴的在
　　我心的暗处削出火，削出烟，削出大炮
　　那全副武装的机械装置，名字叫做爱

75　这长篱笆日以继夜的长，我们找不到
　　门打开它的沉默，海虚掩着它幽暗的
　　旗子，我们漫步，忘了如何让它开花

77　时间像小牛，负载所有往日的重量，而
　　光的翅膀，将今天高举向明天及崭新的每
　　一天，我的牛群将老，在你心中等候着

79　睡梦的黑天鹅以阴影之翼在夜里拍动
　　你心我心的双面鼓，仿佛以不停的
　　敲问，让我们回击以满天星光的合答

87　孤寂，音乐，海：三把剪刀
　　剪成一面纯净的夜之旗
　　悄然伸展、颤动于天空之塔

99　你的声音如穿梭瓜果间的秋日马群
　　把蜂蜜注满我心的尘土，爱的巨桶纯粹
　　而丰盛，沉默的面包仍将散发芬芳

二〇一二·五

注：这些诗根据我与张芬龄中译的聂鲁达《一百首爱的十四行诗》（九歌，1999）里的诗圈字重组而成。诗前数字系原诗之编号。此诗集亦收于九歌公司出版的《聂鲁达双情诗》（2009）。

五首根据拙译辛波斯卡诗而成的短歌（选二）

短歌如你我
等候蜕化成独一
无二的形体
（不玫瑰即不玫瑰）
一如我此一短歌

  *

有三岸的歌
之川，比一星系广：
歌人死有时
歌之船逆时间静
航，我们全听、看到

二〇一二·五

注：此两首诗自我与张芬龄中译的辛波斯卡诗圈字重组而成。所根据的诗是〈企图〉和〈桥上的人们〉（见宝瓶公司《辛波丝卡诗集》）。日本短歌的基本形式是 5—7—5—7—7，三十一音节。

十四首取材自拙译聂鲁达《一百首爱的十四行诗》的十四字诗（选五）

26　我以葡萄
　　杜你口，串成你
　　丰满之身

43　你的指甲
　　形象水中樱桃
　　轻盈脚步

48　两个恋人
　　用透明的绳索
　　相握，相撕

58　利齿狂咬
　　手风琴手，它
　　随风自然唱

91　时间以雪抹去
　　橘子的愁容：
　　触你脸

二〇一二·六

注：此十四首诗取材自我与张芬龄中译的聂鲁达《一百首爱的十四行诗》（九歌，1999），每首圈选十四字重组而成。此十四首三行诗前的数字即聂鲁达原诗之编号。

小确幸
——一行诗八首

1　天广梦短,炸弹客爆出秋光,惊乱中我们暗喜人仍在
2　大佛便秘面窘,何其快意啊我们日日秘发大小便的圣光
3　神魔以电玩对局,胜出者邀我等人兽幻境魅地小游
4　四季也知道捡破烂:春天总把碎裂的冬雪回收成种种花白
5　他相信诗的手工艺,默默地用能指与所指把忧郁磨成幽默
6　你潮湿的舌依然以音波远远按键,绽放一页页迷人的海啸
7　恕我摩擦摩擦夏、剪断剪断愁,无心而成干净的秋
8　再一次我们汇百川的文字,象形成一头鲸的刺青,向海

二〇一二·九

注:此八首诗自诗人鲸向海为我的"再生诗"集《妖/冶》所写的序中圈字组合而成。

香客

你没有依约到来
只派遣一阵风,在黄昏
把似乎是你润发精的
气味吹来。我分辨不出
是什么品牌。或者根本
不是润发精,而是你的
香水味,从颈部,腋下
脐上,或胸间……
天逐渐黑了。我立在
教堂墙壁清水板面前
多希望自己是某个秘密
教派的信徒,而你是
圣者,藉暗香传教

二〇一三·一

力学

虽然是夜间学园
他们还是让我们这些
补修物理学概论的高年级
学童,在休息时间
到教室外思考力学实验
将近三十年,我像一颗球
朝你的天空飞去
为什么从未坠入、消失于
你身后虚无的太虚,即使
我是顽固的虚无主义者
秋千下,我感谢你允许
我的浪荡,一次次把你从
失望的地平线荡向
短暂的高潮。一牛顿的
渴望,和一牛顿的忧伤
击向你,何者较重或痛?
我依然是一个在课堂上
不太专心的学习者
我们从跷跷板上站起来
我看到一端摆着我
上课时想到的几个暗喻
另一端,则是满天星斗

二〇一三・一

周朝

你的圆周至今无远弗届
你的圆心是宁静,无邪的
台风眼,以西,以东,以
春秋战国为半径,爆开百家
争鸣,穿越时空的知识的
暴风圈。Confucius says 就是
子曰,有朋自远方来访不可道
不可名的自由大道,不亦乐乎
学无用、无为而时习逍遥之
以游无穷,不亦悦乎?自行
束脩(也就是带着十条肉干)
以上(来留学的),吾朝未尝
无诲焉——无论是政治学或
营养学。治大国若烹小鲜,烹
小鱼可以用治大国的方式
混以前面所收的腐儒之肉
荀子的笋子,加上墨家的
墨鱼汁,名家油腔滑嘴的口味
以纵横家纵横交替之锅铲法
料理之,美味其周全矣。你的
子民日出而作,在圆周上半的
"田"中耕耘。你的子民日入
而息,用圆周下半的"口"
随兴歌唱:郑风、卫风、幽风
周南……诗三百中最好的诗歌

道是虚的还是实的？天是圆的
还是扁的？他们週而复始问
这些问题。你以周而复始
不断被世界翻新的一波波
思潮，圆满地回答他们

二〇一三·一

秦朝

还没到清朝(是秦哪!),很接近支那
CHINA:以你的朝代为名,有一朝会从
大写的中国,转成青铜器、铁器之外
小写的瓷器。何其易碎之物。始皇帝
中国第一个皇帝,求仙求长命药的你
寿仅五十,你的帝国不过十五载,宽不及
传说中你的阿房宫,遑论与已然成形的
万里长城相比。焚书,坑儒,你发动让
后世师法的第一次文化大革命,唯留医药
卜筮种树之书,鼓励大家学医、算命赚钱
提倡绿色环保概念。你率领你的兵马俑
转入地下与时间作战,在你的陵墓内酝酿
大规模的宁静革命,以严明的军纪森然的
秩序,等待两千年后破土而出,再惊天下

二○一三・一

魏晋南北朝

清谈。闲坐。随意玩手机上网。四通八连,混乱堆叠的脸书里,只记得你的脸。倒立观天,以形下学为形上学。秉烛夜滴油,在男/女同志身上。月明心虚,虚心以待寂寞随稀星稀释。游山。玩水。游手。不好钱。为赌而赌。为乱世而不伦。AV 女:优。三明(主义):不治。明天不如今宵,明白不如装傻明星梦不如暗爽。知音。不用耳机。作乐。无弦琴。两党政治。什么东西。

二〇一三・一

唐朝

我们走在唐人街。在韩剧日剧里
片断温习散失的大唐文化,礼乐
电子报上读到他们选出第一位女总统
乍然想起我们独一无二的女皇帝武女士
日文杂志里平假名如岸边细草被微风
吹动,逆流而上把我们带回草圣
连绵如腹泻的肚痛帖。长安不见,使人
长不安。留学生,学问僧,传教士
商人,使者。壮盛的唐像饱满的蚕
缓缓吐丝,穿过丝路把丝绸,瓷器
铁器,银器,金器,铜镜,造纸术
印刷术吐向西域,吸回来葡萄,核桃
胡萝卜,胡椒,胡豆,胡乐,胡服
以及信仰伊斯兰教的黑衣大食的
伦理学,语法学,天文学,算学
航海术……虽然他们的教主说过:
"学问虽远在中国,亦当求之"
我们在棋盘状的京城竖立不同宗教的
寺庙,礼拜堂,碑塔,以这些色彩
造型各异的棋子,进行万国棋赛
长安一片月,万富数钱声。公孙大娘
在宫廷,在街坊舞剑器,健舞妙姿
胡旋女在棋盘上击鼓急旋,纵横万转
如回雪飘飖。公开竞技的百戏,杂技
跳丸、吐火、吞刀、筋斗、踢毯……

虚实秘连的传奇：游仙窟，南柯梦
黄粱梦，西厢云雨，倩魂小玉……
我们走在岛上北城长安东、西路的
交会口，向北是通向小巨蛋体育馆
当代艺术馆市立美术馆酒泉街
敦煌路垃圾焚化场淡水河的捷运线
向南是通向火车站市议会花旗银行
总督府职业围棋协会历史博物馆的
市民大道凯达格兰大道。闻道长安
似弈棋。春寒入浴北投硫磺泉
夜店美眉劝我们进酒，君莫停……

二〇一三·一

元朝

大口大口吃肉
大口大口喝奶,喝酒
大雪初融的草原上,快马
奔驰,向西,向南,向东
跨过洲际线,跨过长城
把一滴一滴巨大的热汗
滴在世界地图,滴在第一次
由永恒的火焰熏炙出的体液
黏合起来的中国地图:
成吉思汗,窝阔台汗,忽必烈汗……
没有错,像口出粗话的恶少的
体臭,侵入你们典雅秀丽的
诗文的闺房,俚俗它,非礼它
在勾栏瓦舍混生出元气淋漓的
生之杂剧:汗味与香气的交媾

二〇一三·一

注:蒙古一词,在蒙古语里意为"永恒的火焰"。

圣安东尼向鱼说教

透过马勒十九世纪末谱写的《少年魔号》歌曲集听到你向鱼说教的故事:从家乡里斯本来到意大利的方济会小兄弟安东尼。26岁的你在三千修士齐聚的阿西吉"草席大会"见到了39岁的圣方济。你们席地而睡,着粗布衣,赤脚以贫,以传道、助人为乐。你应该听过他向鸟说教的妙事(或许你们可以用各自能通的鸟鱼之语对话)。他请你启蒙后学。你且主动向异教者宣道教堂内你声音宏亮,教堂外他们充耳不闻。你走到河口渔船上的渔人视你为无物,你对着出海的水流讲话,滔滔不绝,正如水流。忽然间跃出一条梭子鱼,悠哉地穿梭水面它一边洗耳,一边竖起身子恭听如一具被热情的火箭推动,准备升天的太空梭。洄游返乡的鲑鱼也来了,还有怀着鱼卵的鲤鱼滑头油面的鳗鱼,举止优雅的鳟鱼。它们兴奋地围绕着你

仿佛光天化日下等候夜市的
叫卖,以及随后的抽奖。横行的
螃蟹,龟速前行的乌龟,也从
海上缓缓来到。你微笑地对它们
说:"我不卖东西,只送你们
礼物,那每日给你们三餐宵夜,
让你们享受与河水、海水之欢的
天主,要我转赠你们的圣言。
祂给大自然一间巨大的更衣室
让汝等众鱼挑选一件各自喜欢且
全然合身的泳衣兼礼服。你们
当用最曼妙的舞姿,最愉快的
心情,赞美主!"鱼儿们听了
张大眼睛,开口称好,争相摇晃
身上的鳞片,鳞声如铃声雷动
海啸般一波波传到海上,那些
已出海的渔船纷纷转头回航
渔人们敲着船板,用每一根手指
按"赞",渔船上刚被他们
活鲜鲜切出来的一片片鲔鱼
旗鱼生鱼片,也拼命连体复合
如获重生地跳入水中,共赴盛会

二〇一三·一

注:圣安东尼,亦称"帕瓦多的圣安东尼"(San Antonio de Padua, 1195—1231),为出生于葡萄牙,逝世于意大利帕多瓦的"方济会"修士。

圣方济向鸟说教

方会长，方济会的创始者，阿西吉的
圣方济兄弟：十三世纪你家乡意大利的
荒野是什么样的荒野？那形形色色的
飞鸟穿怎么样不同的衣服，唱什么样
不同的歌，让你情不自禁为它们准备了
一堂美丽的课，一次开风气之先，愉悦
专注又自由自在的户外教学？它们
当你的听众，你以荒野众鸟为师，让
你在二十一世纪同时成为荒野协会
赏鸟协会，和环保联盟的名誉会长
那一天阳光灿烂，你走在阿西吉郊外
山路上，行过小桥，来到一棵绿色
大橡树下，在岩石上小坐休息，俯看
眼前深谷。你听到后面橡树林中传来
一只知更鸟快速甜美的歌唱，仿佛
一条流动着许多稀世珍珠的轻快小溪：
戴着漂亮黑色便帽、胸部橘红色的
我们的鸟兄弟。你真希望你头上戴的
不是修士的头巾，而是跟它一样的黑帽
一只鹟鹠跟着大声鸣唱，急旋，仿佛被
天空的透明嫩枝弹来弹去，真滑稽的
小红鸟！班鸠姊妹也咕咕地低哼，然后
你听到我们黑顶莺姊妹反复多彩的吟唱
啊我知道了，花腔女高音就是这么来的

它引来了更多鸟的歌唱，你甚至听到
你在梦中听见的黄鹂鹟长笛般澄亮的
鸣啭，歌声耀动如夕暮中宝石之光的
吮蜜鸟，以断音咏唱的我们的噪刺莺
姊妹……它们的歌声汇聚成一座飘满
各色惊叹号、逗号、分号、句号、冒号
单引号、双引号、删节号的声音之岛
悬浮于碧蓝的天空之海，宇宙的唱诗班
宏伟至美的赞歌。赞美什么？赞美
造物者赋予它们喜悦与自由，用色彩
与旋律，和天地，和祂说话，而祂
和天地也回我们以色彩与旋律……

你忽然从岩石上跃起，走到橡树影
游动的路中央，展腰，抬头，像一个
耳目心灵刚刚接受美宴招待的客人
敬立着准备发表谢辞。你望向两旁
橡树间歌唱的鸟儿们，它们都静默下来
骄傲又谦逊地摆好受奖、听讲的姿势
"亲爱的鸟兄弟姊妹们。"你开始说了
"感谢你们用天使的语言，无言的音乐
协助我印证祂透露给我们的真理。祂
给你们灵活飞翔的翅翼，给你们天空
大气，云彩，风，日月兄弟，星辰
姊妹，做你们的向导和交通标志。祂
给你们色彩缤纷，造型各异的双层
三层羽毛衣，虽然你们不知道如何
缝纫或编织。祂给你们高树，绿草

青苔为巢,给你们溪水和泉水止渴
安排好你们喜欢的食物,你们不用
耕种收割,也无须刷卡或付现。祂爱
我们,教我们感受这世界的美与喜悦
领受神游的逍遥……啊,你们继续歌赞
祂吧,以各色各样的音彩,以一张张
不同图案、不同邮戳,飞向四方的
鸟类邮票,以万物、虚实、真幻间
无远弗届、即时通、超连结的爱……"

二〇一三・一

注:圣方济,又称"阿西吉的圣方济"(San Francesco d'Assisi, 1182—1226),天主教"方济会"的创始者,出生于意大利阿西吉。

厨圣

你享有特权,在耳聪目明
未及耳顺之年就被我称为圣
因为你在我家厨房打杂兼差
三十余年,在为人师为人妻
为人母之外。你精通应用数学
擅长把厨余剩菜,加上冰箱里
保存的前朝或前周古物,重新
排列组合成下一餐未必佳的
家肴,真是崇尚环保,爱用
厨剩的厨圣。你爱放、爱吃
辣椒(而我怕吃),遂让你
一裆肚大,美味独吞,或者因
我不敢多夹菜,造成残局残垒
隔餐继续苦战的局面。你家学
渊远,把令尊令祖私房的
卤牛肉、面疙瘩进口到花莲
让我们一家三口,闻味即滴水
餍足之后,全身幸福满胀得
起疙瘩。知我不喜也懒吃水果
你囤积了各式果菜机,独出
配方,把于我是种种苦难的
果实聚合榨成其味难辨,妙
不可言的流汁。你也许觉得
"厨圣"这称号不顺耳,我
可以改呼你为"圣阿芬龄"

圣哉,因你让吾人令齿(也
就是美齿)留芬香,并且每日
唠叨如悬在厨房窗口的,啊
风铃,叮叮当当,响彻天下

二〇一三·一

一块方形糕

一如千娇百媚之各方形体其妙感易难言耳
如**块**块美化转化人心求人网色中不困于目
千块**方**此幻觉现世人幽之细蓝空实之拙口
娇美此**形**容不出味道幽思丰之于意授吾人
百化幻容**糕**食其趣同乎情色秘发蜜函令悦
媚转觉不食**大**喜大看见有风神散下甜糕屑
之化现出其喜**方**飞出不复为一体天示此糕
各人世味趣大飞**翻**转如无形啊具现酥爽之
方心人道同看出转**为**物实一在在皆显其美
形求幽幽见不如物**视**神经隐现灵彩体味
体人之思情有复无实神**觉**乃理感性多通地
其网细丰色风为形一经乃**味**道美妙且丰满
妙色蓝之秘神一啊在隐理道**觉**得其缤纷如
感中空于发散体具在现感美得**多**重姿态多
易不实意蜜下天现皆灵性妙其重**重**娇妙声
难困之授函甜示酥显彩多且缤姿娇**之**飞鸟
言于拙吾令糕此爽其体通丰纷态妙飞**斜**下
耳目口人悦屑糕之美味地满如多声鸟下**塔**

二〇一三·一

注：我曾请我太太张芬龄念这首诗，她的念法是——（斜读）"一块方形糕，大方翻为视觉、味觉多重之斜塔"；（横读）"塔下鸟声，多如满地味美之糕屑，悦人口、目、耳。斜飞妙态纷丰，通体其爽。此糕令吾拙于言之娇姿，缤且多彩，显酥、示甜，函授之、困难重重。其妙性灵皆现天下，蜜意实不易多得。美感现在具体散发于空中，感觉道理隐在啊一神秘之蓝色妙味，乃经一形为风，色丰细网。其觉神实无复有情思之人体，视物如不见乎。幽幽求形。为转出，看同道人心，方翻飞大趣味。世人各方喜其出现，化之大食，不觉转媚。

糕容幻化百形，此美娇方块，千块如一块"；（直读）"一如千娇百媚之各方形体，其妙，感易、难言耳。块块美化、转化人心，求人网色中、不因于目。方此幻觉现，世人幽之，细蓝空实之。拙口形容不出味道，幽思丰之于意授。吾人糕食，其趣同乎情色，秘发蜜函，令悦大、喜大。看见有风神散下甜糕屑，方飞出，不复为一体。天示此糕，翻转如无形，啊，具现酥爽之为物，实一。在在皆显其美。'视神经'隐现灵彩、体味，觉乃理、感性，多通地。味道美妙且丰满，觉得其缤纷如多重姿态、多重娇妙声之飞鸟，斜下塔"。

北方

北方在我梦中草原竖立起一座空中捺钵。那年轻的契丹王,衔着一枝玫瑰,回转快马,徒手扯下了两名节度使的气节和气度,飞鸽传书,要长安城里的帝王把最小、最美的公主嫁给他。崇勇惜美的帝王不及三思即应许了他,要求以三百瓶其色莹白,其香浓郁的契丹玫瑰油为聘礼。契丹的使者们,兴奋地迎回了芬芳公主——他们的新王后——以及她的嫁妆。她的嫁妆就是她自己。她身上未曾滴任何玫瑰油,但一股莫名其状的芬芳随她来到契丹王的宫帐,仿佛来自天上,而非尘世。那香味不只是嗅觉的,还是视觉的,晕染过悬挂帐内的《秋林群鹿图》和《丹枫呦鹿图》,让两幅画和整个帐内氤氲着明亮斑斓的秋色。我不知道宫帐什么时候变成空中林园,只听到侍女们吹着觱篥、笛、笙,弹着琵琵、筝、箜篌,而契丹王居中吟唱,与新娘、群臣随音乐飞升,在我草原梦中。

二○一三·一

注:捺钵,契丹语的译音,意为契丹主巡狩时的行营,行宫,行在所。

八方

一方面爱他
一方面恨他
一方面偏他
一方面骗他

一方面气她
一方面骑她
一方面怒她
一方面恕她

二〇一三・一

五环

——奥林匹克风：庆典的，竞技的，五环的……文字与文字的

奥林匹克风从奥林帕斯山吹下，把诸神的私房
话、私房画，压缩在透明而超薄的光之碟片里
，周旋转寄到五寰四方。在你没注意时，轻轻
掠过帕纳塞斯山，被缪斯美眉们列印成诗……

      五环的，五寰的，环环相生自我繁殖的小寰宇
      。立刀枪为标竿，弃血腥为盟誓的洗手盆。五
      大洲古老的臂膀被齐涌而来的浪的桂冠在圆盆
      里不断刷新，飘浮起五彩的泡泡，连环的童话

庆典的，欢乐的，电动/游戏的，古今通联四
海一家的。一手机即一体育场，一笔电即一神
殿。绞尽脑汁后的畅饮，辛劳后的庆功，把环
环汗捐给大地当娱乐税。无私的分享，同欢。

      文字与文字的冷泉，温泉，喷泉，三温暖。洗
      神经也洗脚臭。翁媳同浴，异族同浴，鸳鸯同
      育：欲洁其身，欲孕育新风格，而乱大伦跨人
      神。超凡惊艳，自泡沫升起的维纳斯，自辞海

竞技的，叶子们的韵律体操友谊赛，橄榄，月
桂，欧芹，松枝……光把影子颁奖给优胜者。
诸神在黄昏退席为夜幕后的观察员，以星光签
字。天河两侧，智/力与美闪烁不已的拔河。

二〇一三·一

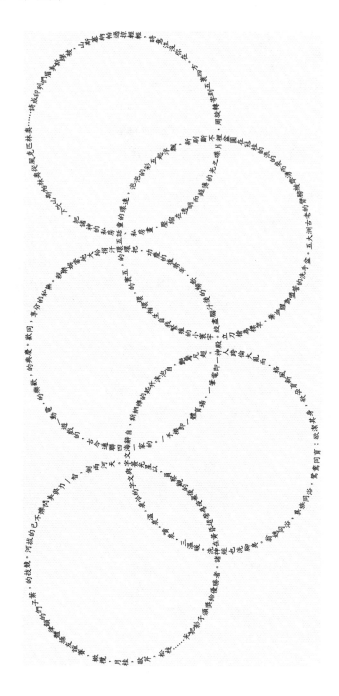

五季
——十三行集（节选）

Ⅱ · 夏歌

1

我该把你比拟做夏天吗？
我忽然想起盛夏，感觉你的脸
像满溢流汁的餐杯，群鹰和群星的
眼睛是一颗颗果实爆裂，以蓝牙的
目光快速传输银河碧潭紫色乌湖深且
奥的湿意，我坐在很低很干的峡谷
岩石上，等候你五觉交感的泪涕汗涎
淹没我为一仲夏夜之梦溪。也许
下一个黄昏，被远方双台消息染晕
把你误认做可能的台风眼。在我的
胸间，一个潮湿的暴风圈已然成形
我甘心享受茶杯里的风暴，驱使滑鼠
调度键盘上的字母、注音，和你对阵

2

时间和我对阵，而你的军团
以严明精确的战技施放文字的
花火，布置气味的迷宫，陷敌于
恍惚之境。是借我的手剪辑场景的
形式学，或是以你、以爱之悲喜

为主题的内容,或者两者一起,让
对方不敢轻敌?炙热的骄阳
冰凉的西瓜,彼此是敌军或友军?
轻狂的少年,老成的智者,两者
同一人吗?或许,与我对阵的
是我自己。时间是一个大足球场
我既要提脚踢浑圆的果实叩门得分
又要张手挡不停自转的地球入门

3

你的声音输入法在我背后为我助阵
以耳语之网网罗四方四季,唯你
明察春蝶薄翼与秋毫细微的震动
冬虫夏草秋月春江,错落海岸
千年溜滑的段段落落。敲键,存档
反复剪贴,修改的山水/文本
时间和你谈判,把空间切割成
一张张 A4 影印纸,外包给吾人
经营:它抽取利息,我们获得趣味
在合约有效期间。如外外包给
第三者制作发行任何外文版
其 interest 由两者均分。有趣吧?
敌对双方分享利息/趣味,因为你

4

夏夜小山前,那些乒乒乓乓的
洗牌声,是乘东南西北风来的四方
神圣,切巨岩为桌,在围桌聚赌吗?

祂们洗牌，砌牌，摸牌，丢牌
顺便叫旁边的喷泉、飞瀑，帮祂们
把城下的牌洗干净。乒乒乓乓……
露天方城之战，神仙在人间的游戏
祂们当然知道麻将有鬼，连神也莫可
奈何。愿赌服输，这才是入境问俗
尊重下界的人权鬼权。祂们把梅兰
菊竹这些花牌丢到四周，成为随风
摇曳，四季俱在的梅兰菊竹，在喝完
一碗四神汤的时间，神速打完八圈

5

瀑布声响被你重组成一连精兵
或清冰，加上滑嫩嫩的果冻：
凉的爱玉冰喔，凉的仙草冰喔
凉的绿豆冰喔……一连串的
叫卖声从凉如水的天阶响起
撒豆成兵，撒红豆和炼乳成为
红卫兵也爱吃的红豆牛奶冰
还有口碑、口感绝佳，嘎嘎叫
禁卫军最爱的咖啡加吗啡冰
胆大的天兵才敢吃的杏仁砒霜冰
这不是天国的夜市。这是夏天子
和夜之后结盟周年庆，夏夜
免费大放送，免费请吃冰！

6

穿过长针短针秒针密布的针叶林

我远远地问:"爱丽丝,你找到
出口了吗?"我似乎听到她的
哭声(或笑声),说:"我在学乱针
刺绣!"唉,这一绣不知道要多少年
是她老缠着时间,还是时间缠住了
她?这不懂事,老长不大的小孩
叫她一个人不要随便跑,她就是不怕
不听话。不怕我,也要看天色、怕
时间啊。她以为她有多少时间?
老师交代的童话作业都还没写呢
她这一绣,恐怕要把自己绣成跟
白雪公主、睡美人一样的童话人物

7

溯记忆之溪游击,勇敢攻占
昔日沦陷的城池,反败为剩
不错,是我们仅剩的古迹名胜
(名为胜,其实只是败部复活
旧梦重温)这水仍是冰凉的
但我们伸出长着厚茧的手摸它
它变成温的。这是温柔还是
冷硬的时光逆旅?当我们是信仰
智仁勇三达德的童子军时,我们
不曾征服过它,如今我们是逾龄的
老童军,童心未泯地想要逆转
颓势,让直落的瀑布再生为喷泉
诗的喷泉吧,我想,或者梦的

8

触觉嗅觉视觉联结的高地
乳白麝香褐玫瑰红的三色旗
流金夏日橘香凝成的纪念章
以葡萄美酒为奖金的夜光奖杯
U 型的下坡路 U 型灿蓝的海湾
一鱼多吃只只吱吱叫的业形餐叉
圆滑奏自由奏华彩奏交鸣的花伞
被风的食指不断翻动的气味大辞典
摇长长长长白浪布条静坐示威的岸
黏七种薄荷味为七彩的虹之彼方贴纸
沙粒之糖碎浪之冰拍岸出的泡沫绿茶
以花腔与花香争相拔高的海豚音咏叹调
宇宙圆形剧场无声无伴奏的午夜音乐会

9

给敌方一点颜色,气味……让其难忘
譬如说她内衣的颜色,内裤的味道
——这是美人计。但就像写诗,并非
把一些美美的东西堆在一起就是美
还要有更内在的东西,譬如血、肉
或内心。给点颜色气味瞧瞧嗅嗅
算是制敌机先,先驰得点,要彻底
奏效,得让其里外震撼,心服口服
更何况如果对方是没有口,沉默的
时间。让我们替它发声,发威,发情
用一首诗,陶瓷器皿般的简洁

节制,以小寓大,举重若轻,比轻
还轻地,举起生命中不可承受之轻

10

象形指事会意形声并容的方块弹的
意思是指互掷一张张麻将牌,有声
有色有图有字的方城之战吗?或是指
陈黎的图像诗〈一块方形糕〉,一首
既要斜读,又要横读、直读,未曾
有之的劲爆诗?或者指的是方块字
(以前繁体比较胖,换成简体瘦很多
的中国文字)?〈一块方形糕〉似乎
把方块字当麻将牌,凑对子、做顺子
横凑、直凑等听牌,在字里行间埋了
一些地雷般等候踩爆的笑点,最后
居然让这家伙胡牌了!真是麻将有鬼
这手怪牌,乱排乱排也能胡成一首诗

11

威力:这些长长短短的诗行就是
一例,如果够精准,够锐利——
我是说如果。笔比剑更有力,但
要把假如磨成真果,需要磨墨
多少年啊。把公民与道德课本竖立
起来,算是立德吗?捡到五十块
交给教官,记小功一次,算立功吗?
立言是站着说话吗?让文字自身
立于时间之流(啊,这个老流氓!)

而不颓。对它说话,说你算几流啊
让我们奔流到海不复还?啊我们已
将旅游志诗化、液晶化为高画质
共享资源,沿途 PO 于水中网上

12

随随身碟、记忆卡四处流传的
夏朝传说,在夏日某朝暴雨停止
洪水渐退后,陆续被拾获:九辩
九歌,精灵般少女们夏夜的舞踊
真希望她们永远不要老去!
或者随身一转,跃然纸上,让我
用同样年轻的诗将她们包起来
包你们代代都得以新鲜的眼光
对其一见钟情,仿佛她们将一直
是从未恋爱过、定情过的处子
无沦为标本之虞的彩蝶,因为
她们就是四时、四处飞旋,依附
在我们周边,最轻盈的随身蝶……

13

我们卑微战史/情史的压缩档
不值一毛钱,如果它们不是整个
人类战史情史的缩影。我们的
夏天没有什么值得惊喜或惊讶
如果它们不能叫下一个朝代或
时代的人们惊吓。具体而微。但把
微缩片放大,会看到同中迷人的

异处。每一个微软,各有其硬
每一个战史是暂时也是并时的
啊,我们不下于盛唐、不下于
盛极一时金字塔王朝的盛夏:
矗立于时光沙漠上流金耀光,在
夏天过后依然感觉其文明的温度

   *

我该把你比拟做夏天吗?
时间和我对阵,而你的军团
你的声音输入法在我背后为我助阵
夏夜小山前,那些乒乒乓乓的
瀑布声响被你重组成一连精兵
穿过长针短针秒针密布的针叶林
溯记忆之溪游击,勇敢攻占
触觉嗅觉视觉联结的高地
给敌方一点颜色,气味……让其难忘
象形指事会意形声并容的方块弹的
威力:这些长长短短的诗行就是
随随身碟、记忆卡四处流传的
我们卑微战史/情史的压缩檔

IV · 冬歌

1

灰蓝的海面此刻是一艘巨大的旧船
近乡情怯似,逗留于港外。冬
又回家了。回家换冬装,吃冬至

汤圆,进行周期性冬令进补
累了的时候,冬眠。它就像一个家
又要回我们家,我们也近乡情怯
每一次重聚,旧伤弭平后,又带来
新的嫌隙?就像阳光下灿烂的海上
旧浪推出的一波波新浪痕。冬
即将登岸,等灰蓝的海变亮,它
灰色的船身慢慢消失于灿蓝的
海面,我们知道它就要到家了
而我们也在家里准备动身回家

2

搁浅于灰蓝色的海面,载满
闪耀碎钻、蓝钻的浪花,迟迟
无法登岸。我们吹口哨,打暗号
它们还是没有如约翻腾上我们坐了
一个下午的堤防。有人说冬防
演习开始了,无护照、无身份证的
流浪汉或流浪浪,不可随意进出
海也许有国籍,我不知道来了即
失踪的浪们有没有。冬天的海岸线
这么长又萧索,它们集体偷渡
易容上岸,谁能防止?我欢迎它们
继续走私春天夏天的宝石或秋天的
琥珀。总之,给他们一点颜色看看!

3

废弃的电器用品,低温冷藏的

黑胶唱片、CD，全被冬雾贴上一层
灰蒙蒙的封条。不插电的冬的声音比
mp3薄。雾里藏着一只大象
大象肚子里是一座临时法庭
你在梦中偷过一件裤袜，两件
墨绿色胸罩，他们控诉你杀人
并且是一个女人。你侮辱过春天的
绣眼鸟，夏天的夹竹桃，他们罚你
在海浪的尖刀上和其他狱友合跑
一千六百公尺接力，掉棒还得重来
这是时间法庭吗？向时间上诉
让他们在下一只大象出现时重审

4

鸟鸣、虹彩、罂粟香：冬，要进港了
货柜里堆叠着上一季杠龟的彩券、马票
无声，无色，无息，一个伪装衣锦
还乡的破产浪子。它带回一个小磨坊
倒转着，把货柜里一张张废纸磨成
踢踢踏踏的马蹄声，一匹匹分轨上传
直到重构出一座众马奔腾的虚拟的
跑马场，让我们在空旷的冬夜里同步
连线投注。感谢它让我察觉我帮浦般
抽动的心依然是我的好友，一颗
快速运转的鲜红硬碟，在每一次
我手握滑鼠动作时，迸放出一朵朵
花蕾：尚未开彩揭晓，但充满希望

5

一如其郑重其事准备出港，我们
小心翼翼锁好伤口，标定痛点
开始闭关。关口在每一个车站出入口
我们买了来回票，回程就改为
在自己体内旅行：半世纪鲜做
维护的道路，坍方是难免的，肩膀的
断崖移位，落石不断痛击腰背手脚
筋膜的溪流阻塞，眼耳鼻喉等通讯
系统受损，这样的旅行自然是略带
感伤的，即使风景就在我们身上心上
五脏的庙宇殿堂，经年失修，壮胜的
古迹变得有点滑稽，特别当天雨
路滑，一不小心，就会掉到裤外

6

在岸上打旗语等候，围巾和浪交叠
这是人和自然（简称天）对话、谈判
我们在此岸以物质性的围巾为旗
对方在彼处，以美学性与战斗性
兼具的浪为旗，滔滔不绝传话。对方
仍在犹豫。能不能破例？要不要破例？
当然清楚此例一开，很难重立威信
难道就不能让我们长住恒春或恒住长春？
或让四、五佳人或好人，青春永驻？
对方仍在考虑。天色渐暗，天候渐冷
我们越来越不容易看清其意。围巾

和浪交叠,天人如何合一?人在问
天在看。人天天问,天天天顺其自然

7

来电答铃和涛声……有些东西很急
真的很急!譬如拉肚子,生孩子
或者你的小舅子在外头捅出大娄子
来电答铃叮铃当啷响起,你没有
接听,转入语音信箱的是沉默的惊涛
骇浪。Darling, darling, hurry, hurry!
有人在另一头把沉默转译成急切的
外国语。你想起电影上看到的夏日
激流荡舟。而现在是冬日,此地
生命之溪节拍转换的出海口:沉默
之声,苦恼而宁静的浪……很多东西
很想大声吼出,很多东西很想快快丢
弃。来电答铃叮铃当啷夹涛声又响起

8

有些东西急也无济,懊悔自己傲慢
即使崇尚简朴、谦逊的教宗方济
对你弹琴,也无方可济。忏悔、懊慢
是傲慢最好的修道院。秋天和冬天
为你合盖一间无教籍的修道院,以
简朴的天气,合适沉思的枯山水
浪是最长篇而乏情节的经书,一页
一页,配合你寂寥的一夜一夜
晨课是慢跑,午课是慢步,晚课是

慢火焙曼陀罗。你曾经傲慢如
峡谷削岩凿壁的暴雨山洪,如今
滴水穿石,时间为你这颗顽石穿了
耳洞,让你听得进神和别人的大话

9

往往已经太慢。太慢在去岁上岸的货中
把赏味期限即将到临的梦和爱情
拿出来冷藏。你喜欢热或烫,不喜欢
东西像天气冷去,但梦的温度有时候
不宜太高,而爱情除了全糖、半糖
微糖、不加糖的调配,也可以任选热饮
冷饮或常温,或者用吸管慢慢吸,慢慢
滴……往往已经太慢,一旦发现开始
走味或腐坏。不能怪学校没有教卫生
常识,常识多半来自搜索引擎或电视
最重要的是要自己亲自试试。对于保存
易碎或易坏物,一窍不通怎么办?
没关系,起码到现在,已通了六窍!

10

找到对的药,当你发现偏见像偏头痛
新月让你患狭心症,黑手党传染给你
腕隧道症候群。你以为不要晚睡觉
就可以避开疾病的阴暗。睡个美容觉
你照样不美丽。要找到对的药:
也许没有药,不要药,不要——怕
怕什么?怕老,怕病,怕死,怕穷

怕丑,怕老而病而穷而丑而死
如果怕是一条手帕,你就轻挥它几下
如果怕是一个球拍,你就给它用力拍
如果怕是一个节拍器,你就给它慢慢拍
或慢半拍:如歌的行板,如歌的慢板
如歌的缓板,如歌的最缓板……

11

日日黏着你,始终桀骜的那水手的影子
就是烈日正午百分之百附身于我,而
无人发现的我自己的影子吗?甚至
我自己也没察觉。桀骜不驯?你养过
宠物吗?猫、犀牛,或者小王子的玫瑰
你感觉过自己是宠物吗,被宠、被
驯服或征服?我不曾征服过任何海洋
或陆块,夏夜或秋日。我曾被色彩与
声音,气味与线条驯服,一个诗人
我的桀骜剩下木马,一支木铅笔,画地
自限,自我圈绕的旋转木马。我用它
在我马蹄铁状的心的甲板升起军旗
一个在冬日外海宣告独立的流亡军政府

12

船终要进港而后离去,海关不查缉
我们携带的木头枪支,它们加起来
只是一盒铅笔,我和我的同伙们
我们革命,又被反革命、流亡、游击
伺机再革命,再破旧立新。我们捍卫

生,也希望不畏死。我们用射入我们
体内的子弹复制子弹,来自敌人或
朋友,异国或本土。精准、利落是
必要的,以最曼妙的秩序安排我们
子弹落点,不管有没有一枪销人魂
夺其神。美即是力,对抗保皇党
宫闱派、复辟分子:我们带走弹壳
血、恐怖,留下海、乡愁和素描簿

13

那些抽象、概念的东西,因为它们太重
我们留下来给新来者研发简化之道
让它们轻些,再轻些,直到像胸章
别针、胸针般,可以轻松戴上又
解下。或者像手机吊饰系在腰间
以轻起重,帮我们提菜篮、救护车
灯塔、梦、卫星导航器。美有多重?
时间有多重?爱有多轻?死亡有多轻?
可以以我们的身体,手指,或笔
为独木舟,载走它们全部吗?上岸后
变成一台小折,骑着去兜风。我们用
简单的技巧,把逝水、忧伤、潜艇
折进浪里,等春天的浪把一切翻到水面

  *

灰蓝的海面此刻是一艘巨大的旧船
搁浅于灰蓝色的海面,载满
废弃的电器用品,低温冷藏的

鸟鸣、虹彩、罂粟香：冬，要进港了
一如其郑重其事准备出港，我们
在岸上打旗语等候，围巾和浪交叠
来电答铃和涛声……有些东西很急
有些东西急也无济，懊悔自己傲慢
往往已经太慢。太慢在去岁上岸的货中
找到对的药，当你发现偏见像偏头痛
日日黏着你，始终桀骜的那水手的影子
船终要进港而后离去，海关不查缉
那些抽象、概念的东西，因为它们太重

二〇一三·三

注："五季"共有五部分。前四部分（春歌、夏歌、秋歌、冬歌）各由十三首十三行诗组成，每部分十三首十三行诗的首行合在一起，又另成一首新的十三行诗，形成一"联篇十三行诗"。

上邪

上妹，毋系
邪恶，系天啊！
𠊎爱同你相好。同你
行过山路，行过秋冬春夏
一下看树一下寮，唱一条
桐花个歌仔，唱到油桐绿叶
黄如土，唱到泥下落叶开白花
山路唇口个石头，一粒粒听到
浮起来……莫管鸡啼四、五更
你就同𠊎相连唱，唱到白雪雪个
桐花变雪花，扬蝶仔样，漫天飞舞
一蕊一蕊铺成新娘床，靓到无人敢出声

𠊎毋使唱歌，你毋使讲话，无声个桐花
替𠊎两人出声。五花瓣个白色晶体
最恬静个雪，最单纯个花。白系
唯一个语言。跌落个样仔亲像
𠊎等梦个身胚……发梦，睡目
天地间一等自在，平和个眠床
𠊎毋敢随意停动，尽惊砭着
踏着，共样睡忒了个花仔
啊佢等系眠床又系睡美人
温暖个五月雪，将𠊎
将你将时间连成
一条白被仔

二〇一三·五

注：上邪，汉代乐府诗，其首句"上邪，我欲与君相知"，用客家语说大概是"天啊！俋爱同你相好"。俋，我。系，是。嫽，玩。个，的。唇口，旁边。扬蝶仔，蝴蝶。靓，美。毋使，不必。样仔，模样。亲像，好像。身胚，身型。发梦，做梦。睡目，睡觉。停动，移动。尽惊，深怕。矺着，压到，踏着，踩到。共样，同样。睡忒，睡着。佢等，它们。

莲花行

你对我说:"芳儿,我想看莲花长得怎么样。"你病得很重,阿婆,身体很痛。母亲不让我跟你睡了,说你身上都是细菌。那天早上你起得很早,到屋后把身体冲干净,换上最喜欢的衣服。我们在蕉岭。你说往南行。我说梅县只有梅花,没有莲花。你说往东南行。我听作江南行,因为课本上说江南可采莲,莲叶何田田。到了晚上你就走了,闭上眼睛,安静得像一朵梅花,在蕉岭冷冷的秋山。我没有哭,我说我会告诉你莲花长得怎么样。他们教我玩结婚的游戏。往东南是海,再往东南是岛。我来到岛屿东南的大洋畔。我的假丈夫给我真香蕉吃,蕉岭没有的,很多肉的香蕉。这一次我哭了。他说幸福吧,你以前只吃过香蕉皮,现在给你吃香蕉汁。那车站的牌子上亮着大大的两个字,我一直看作是莲花。翻过蕉岭就是梅县。翻过青春,就是陌生到不陌生的稻香村。东南可采莲,莲花比梅花咸。海边有盐,海风把泪吹得有点莲花味。我买了手机,阿婆,我把一朵朵拍过、怕过的莲花的脸都贴在脸书。看到了吗,阿婆?你说的。芳儿,行万里路,读万卷书……

二〇一三·七

注:台湾花莲的吉安乡,有村落名"稻香"。

玫瑰圣母堂

    圣
    母啊
    你说高
    而不必
    一定要雄
信仰让我们的传道所
增高,当茅草堂舍为
咸丰年间的秋风所破
草茨漫天飞舞,转成
蜻蜓与群蝶春天归来
环绕一棵树向上,时
间的铁钉透明地钉入
穿身而过,把木质的
圣咏坚定为钟琴,被入港
的风的手指拨得更响更晶
亮,红玫瑰白玫瑰黄玫瑰
排列你周围,辉映成天梯
般扶摇直上的彩色玻璃窗
"福尔摩沙"红砖,硓咕石
西洋、东洋、福州师傅三
位一体的三合土,向上的是
哥德式的尖顶是悲悯是你的
温柔,你说高而不必一定要雄
永恒的女性引领我们上升……

二〇一三·十

注：玫瑰圣母堂，位于高雄苓雅区五福三路，建于咸丰年间，是台湾第一座天主教堂。

在莫内花园遇见莫内

在莫内花园遇见莫内。他问:
"从莲花池连作环壁的橘园来吗?"
我说:从花莲。刚从你的
日本桥走来。你见识过贫困
两度丧妻,长子壮年
离世。生命苦吗?
"无常、瞬变是姹紫嫣红梦幻
黄昏之母,也是鸡鸣雀跃的破晓
之父。苦中作乐作画
诗人经常得意于失意时。我所
能的只是把一池睡莲,从水中移到
画布,随每日晨光的醒来
睁开它们一眨一眨——不同时候
不同色彩——的印象派眼睛
且乐于把它们凝于脸书,让你们
在液晶池里看到那些莲花之脸
时光之脸,我的脸……"
啊,你有的只是眼睛,但
何等的眼睛!那光
重要吗?
"重要。一如花,水,清风(喔
神的拥抱)……光是所有的颜色
它使其透入的对象鲜活
明媚,一如爱"
但你的视力逐渐衰退(是

白内障吗?)
你可以清楚用眼察觉光吗?
"所以还要用心。我清楚瞥见
流水的皱纹,那是
不死的青春……"
我见识过身心之痛,和海蓝
天蓝一样重或轻的忧郁
我可以把我的家乡阿莲,或花莲
变成莲花池吗?贴万顷山绿
与逃学少男少女各色染发为田田
莲叶莲花?
"诗人在自己过敏症、神经质的
皮肤上搔刮出天边的云彩
包含于一个空无的屏框
你所能做的只是继续屏息,忍住痒
向那幻影致敬……美
是人类的增高器。我们用心智
透明的保鲜膜,低温包装宅配
慢递它,不虞赏味期限
那些睡莲,那些花香,在升起的
梦的水泡中清晰可见可闻……"
在子夜线上莫内花园遇见莫内。我问:
大化之妙,莫非都在一个莫内之内?

二〇一四·一

被忘录

在一条清凉水声的蚕丝被里
遗忘了的生之喧嚣

  *

覆在我身上的你的肌肤是薄薄的
被单，你自我掀动出风
噢那是群星的叹息，把你我吹塑成浪

  *

窝藏我们也被我们窝藏的被窝　是
时间与温度的混凝土筑成的防空洞

  *

我们被动
神主动

二〇一四·一

未来北方的河流
——给家新

未来北方的河流
是甜的,或苦的?
如人民般沉重,或语字般轻盈?
在上海红坊园区闻一多像前
我仿佛听到闻一知多的诗人说
一次文革,一沟死水
够矣,多矣
剩下来的是诗与美的反扑与
反革命……
在南方苏州霓虹灯突然断电的湖畔酒吧,你
柳树下昭然醉己,以一夜的湖光
和不断溢出的啤酒泡明志
在被夜流放的五类黑和十二种暗中
你是最卑微而坚毅的一颗星
你整夜策兰,而
我多想策动湖中尚存的可采的莲和你
诗中的橘子
随一条北方的河流流到岛屿边缘花莲
一条跨界、跨籍的语字的银河,足矣
作为"作为译者的诗人",在
万安公墓穆旦、戴望舒坟前,我们都同意
以不受限制的自由体
将他们地下的幽愤译做今夜香山
满天流动的丁香香和星光

二〇一四·五

注:"未来北方的河流"是罗马尼亚诗人策兰(Paul Celan)的诗句,也是诗人王家新主持的中国人民大学文学院国际写作中心"微博"名称。2014年5月,我受邀担任人民大学驻校诗人,随王家新游历上海、苏州、北京、香山等地。

花莲

以浪,以浪,以海
以嘿吼嗨,以厚厚亮亮的
厚海与黑潮,后花园后海洋的
白浪好浪,后浪,后山厚山厚土
厚望与远望,以远远的眺望
以呼吸,以笑,以浪,以笑浪
以喜极而泣的泪海,以海的海报
晴空特报,以浪……

二〇一四·六

注:阿美语 Widang(朋友),有人音译为"以浪"。阿美人歌舞时常发出虚词的"嘿吼嗨"、"后海洋"之音。白浪、好浪,音似闽南语"坏人、好人",台湾少数民族每称汉人为"白浪"。

垦丁

我们垦过
甲、家乡广东潮州的荒田
乙、黑水沟变形、波动的阡陌
丙、六堆一堆堆麕集的瘴疠之气
丁、垦丁
我们啃过
猫鼻头、鹅銮鼻的鼻
角蝶鱼、叠波棘蝶鱼的刺
芒果，莲雾，山腰的雾
半岛的风与夜半无光害
（我们的孙子说的）的星空
我们肯过
贫苦的生活，为了
平凡的生活，为了
与四季一起换不同颜色热裤与热情的生活，为了
思想起
四季如春，恒春
四处听唱，丁丁有声的垦丁生活

二〇一四·六

注：垦丁，位于台湾屏东恒春镇的一个里，是台湾最南端的著名景点。

勇叹调

那些蝉
一大早就给你一张蝉声的蚕丝被
均匀而纤细,铺天盖地而来
这些宇宙歌剧院夏日打工的临时演员
完全无惧于它们的生涩
丝声力竭
勇敢地为无歌词无伴奏无报酬的咏叹调和声

二〇一四·七

上海

上海自来水来自海上
我从花莲
上海街来到上海街上
在城隍庙星巴克坐下
喝一杯焦糖玛奇朵
上海老街甜甜地变焦为
上海街。上海在我的
舌尖

在我的鼻尖是比整个外滩
还重的人民英雄纪念塔
棉花酒吧里笑语如棉花
很轻。海上灯火明灭如花
以不时流泄出的暗香开示我这个
自动从花莲来补修上海学的学生
轻盈,真好。
上海自学生生活活生生学自海上

二〇一四·七

自修课——晚课两题（之二）

自己做自己的，不要
吵到别人

不要吵到
帮仲夏织听觉的窗帘的瀑布

不要吵到午后水边偷情的
两只蜻蜓

不要吵到
苦思改蛙泳为蝶泳的青蛙

不要吵到
静静准备自学能力鉴定的自行车

准备插班考的迷雁的航班
准备跳级入禅学研究所的蝉和芭蕉

自己修自己的俳风
不要吵到晚风

二〇一五·七

一百击（两首选一）

我
食我
饿！食我
希声/牺牲
公开的饿意
食言之寺而肥
咬巨大空洞成材
杀时间烹时间之书
目光迟滞翻风景成页
宇宙无管理员的图书馆
冥王星由行星矮为小行星
它曾是书坊悬吊于我的冥想
耳垂此际垂挂的是银色的思念
广大银河系对储存于记忆的银行
你记忆银行里微小款项利息的追讨
风如是，略带着抒情风，从风景脱身而出
从空洞的午后把银色的木瓜籽吹洒向你
暮春之时，春服既成，冠者五六人童子六七人——
少年吧来坐，来唱歌跳舞，三温暖你的五官四肢
颈以下脐以上是积雪的寒带，以下是躁郁的热带
她的体温是栏杆，倚你于时间的断崖如特技表演者
穿地中海顶整座帕特农神殿而出，多立克柱式之至极
破产的希腊重新又获纾困，群星泅游于大海里不腐如泪
啊，讴歌我们以云朵以翅为帆，以浪为左倾右倾议员的鸥盟
德莫克拉西。宽坦的海。宽坦的食欲。更宽坦的海。更宽坦的食欲……

公开的音乐。大音希声。大象无动物园。无政府乐团。无国界厨房……
十三种煮鸥影的方法：大鸥无形，至大、至小的 O 型。Ω。O, my God
神借你神奇的锅子，作为打击乐器，上界的一击，人间，人间
人间的我鼻尖的一百击。体会，玩味，辨认苦与辛苦，甘苦
与辛苦，辛苦与幸福，时隐时现的万种鸥影……如果你是
欧罗巴，如果我在亚细亚，品尝距离的肌理，三杯鸡
一辈子禁忌。翻锅掀盖，筷匙铲杓齐击，击毙定义
象，如是从象形滑行出，成为音乐，成为滑翔翼
余味犹在的万种鸥影，食我，食我，无恶意的
公开的饿意，公开的音乐。希腊之声。荷马
盲瞳里千万沙粒般闪闪发亮的明喻
无光之目翻崎岖海岸为史诗目录
小亚细亚，联结欧亚书架，联结你
与我的吊饰。以小吊大，以词库
丰富联盟行库的撙节纾困
大音希声。牺牲，以节制的
诗的音量，静默的喧闹
无人太空船遥传回
冥王星心形地貌
只要一颗心在
是吧，无人能
宣称其不
堪一提
或一
击

二〇一五·七

四十击

1
埃
土矣
古埃及
用金字塔
换土石为金

王朝银行存
时间于空
间诱人
行
行

2
動
重力
何如轻
移心事让
心散如阡陌

我的游耕学
是潮湿的
水到成
心田
思

3
妙
女少
吾老也
五口亦难
言时间之妙

亮而为时光
我們闇察
其音每
日音
暗

4
晴
日青
所见皆
靓心青人
青情人其倩

虽不能餐幸
仍有短笔
苦揣长
舌甘
甜

二〇一六·三

金阁寺

鈊
鋨鉝
錾釚銓
銓钟釵鑽
釟鈁鋯釷銘
銤錡鋖鉔鈾釺
鐘鐺鈨鉸鉿銪鉧
鈢銠鋃鋦銅銼鋠鈒
鈔鋈釘鎃鈘鐧鈉鉣鑠
鋨銶銛鈏鐥鋾鈊銨鉬銧
鉚鏵鐺鋳鈊鈏鉑鑢鉻鐏鎚
鐯鑠鉽銤鐄鉑鍬鈀鉵鉬鋥鈒

二〇一六·三

注：此诗名"金阁寺"，全诗各字刻意贴金。"去金"后字意如下——"今我立此，以全金中文赞八方吉土，名花奇艾。百虫千童当辰交合，有母不老，良朋同坐，长及少，壮丁、柔女门内共乐。求求舌牙善，身心安，日光月华常存，小川、白鹿各享追奔乐，布衣宽白，秋色任目，足也。"

蓝色一百击

蓝。1

花篮。2

花莲蓝。3

花莲蓝调。4

花莲蓝调动。5

花莲蓝调动山。6

花莲蓝调动山岚。7

花莲蓝调动蓝花篮。8

花莲蓝调动蓝浪花篮。9

花莲蓝调动蓝浪花灌篮。10

花莲蓝调动山岚海澜如常。11

花莲蓝调动山岚海澜,神出神。12

一时难解出奇沉默便秘而不宣。13

美神裙下春光溢出篮外一览无遗。14

透明神棍失手落凡接二连三响亮海。15

有幸得窥蓝波神采飞溢色兴庶乎通灵。16

大宇宙鼓乐敲打做神的乐器仿佛若有声。17

凭借无形箜篌诗人弹出香气贺彼石破天惊。18

也让专注聆听的处子们和花瓶暗中酝酿破身。19

舌头储存苦难和缄默往往为了面虚及时的一叹。20

像太空船像流星像橡皮擦慢动作刈过默片的黑白。21

收获金黄的语字的稻穗，即便一次，为向晚阡陌的稿纸。22

捧早晨的蓝铃花于掌心让花瓣成为心眼通向体内峡谷。23

在时间的棋盘上对弈你的皇后他的骑士你的花心我的眼。24

花莲蓝不曾调动爱与嫉妒，渴望与猜疑，花莲蓝调青青轻轻唱。25

诚然是举重若轻的轻骑士边骑边吹风笛边下载风的游吟歌手。26

用偶然拔高的花腔吹散愁云惨雾造就你们每日的花莲蓝花莲郎。27

孤独的时候也许是花莲狼，嗥叫在峡谷夜空的旷野，无人听的黑胶唱片。28

峡谷的古道有死鹿，有太鲁阁少女怀春，勇士以安眠药喂其猎狗后诱之。29

月光沿峭壁逡巡张开的像诗经爱经在液晶前那些滴落的莫非就是时间。30

连三晨，高文爵士与绿骑士化身的堡主其夫人在客房以头韵互撞爱的诱惑。31

星空还是千年前星空，客来峡口客栈小住，立雾溪不说葡萄牙语但滚动如葡萄。32

中世纪英文如果换做当代英文或膺文，仿似以赝文仿制的你啊该如何双声叠韵。33

劳丽人忍谤频相伴，卸绿肩带昵代信物，恋短忘长吾当惜红粉嫣笑如荣誉星辰礼度。34

字典里的假面舞者：靦腼靨；素颜后：見包厌；我情愿你永戴假面舞弄我而我单凭伪善干。35

汝泪潺潺汖流注溪注湖洭漾润洩涤浊清泥浮浭澈洩波洄澜涌潋滟活洩沃洩（水中我也）。36

大写的康德 Kant 和小写的坑 cunt 孰重要，康德坑前思索，穴 hole

即全体 whole，我湿故我在，通了吗，进来。37

在好雪和好孤独之间神为我们选好/女子，像雪地上读过的最好的鹿的蹄印，好过好政府的好。38

雪替你在雪中思索生之虚幻，冷替你清洗不必要的热情，以一票票雪花的公投让白完全执政。39

吃葡萄不吐葡萄皮喝葡萄酒要用夜光杯但你的眼睛是紫深的玻璃葡萄不会因过重的凝睇爆裂。40

出门遇雪在远方友人传来的雪景照你被雪意或睡意死意所罩还没按赞发现它也许也是生之入门。41

花莲蓝不调动死与生少年们在街头茶铺约会粉红的吸管吸起粉圆黑珍珠从少女的唇仰插进黑天空。42

此次一别也许累月经年，为此我（用微信）殷殷问，要送你何物让我如在你眼前，让你度日非如年，而如秒如分。43

愿一年十三月读十三经，最长的一本经写在浪颠，晨课晚课倩风翻页，闪烁的星光为梦的封面烫金诱你伴读。44

着凉了这偌长的天阶从晚唐斜垂到黎明前连锁早餐店，我们秉烛/秉扇依两三星光溜溜滑下，凉啊这如水夜色。45

但我们在热带，更惨的是彼此双重的热情，热啊热啊这除了热烈的身体一无所有一无所著的日子更何况她是辣妹。46

我说山谷兄啊峡谷路仄要严守规矩亦步亦趋：邀遊迤逦迂迴道，忘情恐惹恶急惩，春晴晖暖早晚明，诙谐说诗谢诣语。47

媚啊妹啊你的眉啊灭了我的寐，媚啊眉啊你的煤啊黑亮了我的没，我没我没，我什么都没，你的一枚眉，美眉，没了我的没。48

兵败彼邦别宝贝，频频跑趴拼品牌，密谋名门妙买卖，肥肥方法翻fifty番，单刀抵挡敌导弹，推特谈妥忒甜头，诺诺诺诺耐你拿。49

宝宝抱抱，我没钱包月，别报告老鸨，我可以用谎言包日，用花言巧语包黑夜，但没办法给你劳保，唯一保证：我愿饱餐你的秀色。50

一直想起二泉映月三人谈判四个钟头五经尽引六法全书也翻七夕还我全家幸福吧八弯九拐你就是死缠十恶不赦啊贱人。51

在安徽桐城中学见校园短墙大字刻有"桐中敲铜钟童男童女同上学"，你转身入厕，小解后徐步吐出"和尚搧荷扇河南河北合下流"。52

男同女同同我人，同居同婚通通行，字典刚教肛交词，周遭痛知同志情，断袖断背断魂断然难断，有法有义有爱有望永有，啊世界大同。53

懒懒拦路聆蓝调，凌乱拉弹料淋漓，罗列兰陵玲珑面，裸露榴莲另类香，屌丝搭档大胆颠，道德断电淡淡唱，当代当地当然吊儿郎当蓝调。54

雪，蓝蓝，女诗人，曾对我说，你必须一见，置身一片纯白，让冷撕裂紧身衣，撕掉诸般领袖裤袜，丢进去白雪牌洗衣机，连你和黑雨林一起洗净。55

雪雪雪雪雪雪雪雨雨雨雨雨雨羽羽羽羽羽羽ヨヨヨヨヨヨヨ三三三三三三三二二二二二二二一一一一一一一。56

洗，用风，洗脸和丢脸的一切，用雨，边洗边裹住你的身体，成为透明、防雨的雨衣，用栀子花的气味，在夏天，用桂花香，洗最薄最薄一层记忆的乳酪。57

洗手终夜血犹在，马（克白）妻心上 Mark 难白，雪耻一生耻如何，心结如屎紧黏耳，欲将寸金易寸阴，寸辰难躲此辱影，千金能买洗衣机，无机可洗耳屎衣。58

此刻跨年，一根黑色依稀在的灰发连结了我的老、少年，而非二〇一六和七，一个老少年，一个停格的顽童，6 和 7，他的烟斗和手杖，我的左轮和匕首。59

晨起在家洗脸，觉自己是草率的昏君，无视于自己面容的江山，懒兴剃胡刀干戈，疏于巡览眼鼻额疆土、治理皱纹，总之，一个无为的昏君，在流亡的生途。60

江南可采莲，莲叶如何田田？我说是一亩一亩的水，你说是一面一面镜子的莲，我说简单说是水水水，你说简单说是莲莲莲，那简单说就是田田田田田田。61

刀铭练习写箴铭，箴铭练习写钟铭，钟铭练习写陋室铭，陋室铭练习写墓志铭，墓志铭练习写郭泰碑铭，郭泰碑铭说为吾德按赞，请认明品牌，我不是郭台铭。62

青青陵上柏，今日良宴会，西北有高楼，涉江采芙蓉，明月皎夜光，冉冉孤生竹，庭中有奇树，迢迢牵牛星，回车驾言迈，东城高且长，驱车上东门，去者日以疏，生年不。63

和尚为什么当和尚，和尚为什么搧荷扇，蓝蓝到底有多么蓝，田田究竟有多少田，主教为什么学猪叫，想睡因何睡不着觉，银河疏且浅，光一夜输给人间多少银钱。64

衣服如诗分新旧，旧衣也是当时新，斯人斯疾有多种，新诗旧诗同一艺。陈词驰骋仍跳脱，格律力革每惊耸，谐仿坊鞋变新步，点睛经典固特异，貌似时髦啊老猫对镜。65

乱弹听说亦蓝调，昆曲之外新戏腔，激烈喧腾在台湾，如我摇滚花莲蓝调，乱弹乱舞乱中有序，乱敲乱唱自成一团，乱点鸳鸯杂交配，乱出醒世东方蓝，噫，乱曰：都来乱吧。66

为万物命名、为草木鸟兽剪影存神的诗人同行们如果许我借他们的名命名，我为花事尝试如下：金菊炫黄山谷道，桃李商隐月色中，茫眼艰辛弃疾难，幸睹杏花白居易。67

也请中外四位女诗人、一位女画家挂名入镜，助我剪辑诗的微电影，七言四行，五位大家，原谅画面太挤了：圆月如李清照溪，波光燿鱼玄机明，如何香凝寒寺外，千代尼僧冰心在。68

天橘亮，海醒了，早餐蓝，风桌布，光果汁，你也醒，鲸歌唱，面包香，蜂写字，花粉纸，唇之书，帆早祷，白牛奶，吃和吻，沙之盐，沙之糖，你脱衣，裸之果，你穿衣，水微笑，浪手语，听和说，你出声。69

远山的升旗典礼开始了，校工把云梯推来了，鼓号队来了，牧师，鸟和消防队长也来了，穿着水手服的水向风敬礼，举手礼，轻轻举起它水的手，风也有风度的回礼，校长马上来了。70

敬礼解散丢下书袋书蠹后，整个学原变成一座棒球练习场，我们飞奔其间，投手兼捕手，暴投乱投……你投我以木瓜，我投你以心形的卷积云，你捕蜻蜓 po 上网，我捕到你的耳语娇喘。71

变变变，变浮生为潜水艇与蝶翼，静动兢动，变花果山为复叶星宿海，罗迷鸥与朱丽叶、橄榄叶于朝圣路洗星尘，变外野手杨牧的《海岸七叠》为母羊牡羊目扬模样迷死牧羊女牧羊犬。72

但我上网查询他不是牡羊座而是处女座属龙不属羊但有时翻读诗人如他和我的诗特别是没标点的诗还是会帮助吃安眠药无效的人数绵羊睡觉但因爱辗转反侧者只能鹿跑。73

一个语字在纸上轻响，自良夜奔出的小鹿在你心头乱撞，踏牡丹亭纷乱花瓣而来的小快蹄，以小快板，突围你银帛般怯张的思想，我愿为纷纷落红的透明蹄印哭泣，因为今夜这样美丽。74

这色彩与气味交鸣的夜何其芳啊，遗我于猎户座余光中，我甘心被他竖琴般弓上犹未发的箭所猎，震慑于一根痖弦，废名隐身黑暗的绿原，等你用花香诱我，啊半朵郁金香已足，闻一多矣。75

小友茱萸诗通古今，见我以上诗砖慷慨回我茱萸风珠玉多串，有"田园将芜兮胡适之，卸下半农身分重新做人"，我夺胎为：伶俜双刘半农闲，邀游东周作人渣，跳读白贺玉溪诗，狂想三李金发飘。76

遍插茱萸少一人，少了谁，数数看，或是易容为近色的樱桃、枇杷，隐身于其他常绿带香植物，或被误作珠玉咒语或章鱼，或者装老或装贤以能诗的资深数学教授宣布：遍插茱萸少的就是他自己。77

晶亮的泉水，蹄音达达，透明丰美的蹄印点点溅向旅人肌肤，温柔按赞……在一间名叫"晶泉丰旅"的温泉旅店，温泉水滑如放空智慧的智慧手机液晶，手指机灵乱弹，弹指间在你狡猾妖娆水腰弹出火。78

世界是一本大书，周而复始的浪把重重的生命翻为一页页浮生，诗人在浪尖上行吟，轻盈的身影像标点，螺丝般试图锁住流动的风景，感谢那拔浪而起的惊叹号！让浮生忽然有了一座无任所灯塔。79

灯具的选择：宜谈情调情者，未必宜室宜家，光可鉴人，未必践踏得过矫情的贱人，灯罩罩得住一人份的家丑两人份的家务罩不住大富人家吹过来的雾霾，手电筒是必备的，还有附矿工灯的防毒面具。80

一夜晶泉，今生丰旅：山色在目，泉水心思各享追奔乐，今夜宴茱芄枇杷桃李园，曲水流觞，月光为杯，白也翰也操也植也丕也修也羲之献之在也。父子敌友跨世乱伦同欢，大家庭之旅，遍插茱萸少歌姬一人。81

温度是缸的心事，来到缸底，便知我的心事，知课本上刚教的打破浴缸让月光流出来之必要，知欣见众友敌肛娇或花烛夜扛轿之必要，只此一端即知异端之必要，更何况一端恰是另一端的另一端，另异端。82

记忆中的灯塔最抱歉的是雾大致色盲灯塔守误导，悬垂震旦的红星曾是少时向左看秘密的灯塔，或者那据说没让万古如长夜的孔氏日月，但孔乙己如何，他那受辱、愤怒，炯炯发光的双眼也是黑暗之灯吗。83

可叹者多矣，那在隙缝中负喜马拉雅山走索的替身演员。细影摇晃的影舞者。静动兢动，战战兢兢。必须不断吃减肥药。为了艺术为了爱。无入而不自得。无收入而仍得肩此任。相当于联合国守卫长或地球巡边员。84

我咏叹黑墨样的沉默。墨分五彩，风有五蕴，我们把虚无，或空，切为繁花圣母形圆形方形菱形三角形多边形刑期无刑无形……无形中帮吾等众囚杀无聊无边之时间，沉默的黑墨条，凭空凭默凭墨，在每张纸的童贞前。85

每次放风让我感觉到自由给黑暗色彩，给色彩光。淋上自由，公开的监狱即公开的游乐场，竞技场，运动会，我们的典狱长是如何深刻体认此而缓拘那些在草地上奔跑的小孩，假释那些无须担心活着不自由的死者。86

死者在我们的言词间举行运动会,我们的舌头再一次给他们美丽的弹跳姿势,自口水的跳水台,给他们高难度又曼妙精确的连续三滚翻,几乎是生前都办不到的了,力与美因重播更形生动,可惜播放机通常没通电。87

蝴蝶们从庄子的瓦盆飞出,栖息在荒木田守武十七音节的荒木上,伪装成枯叶冬眠,在春天,在夏天,当远行多年的曾祖母们陆续乘着歌声的翅膀从清澄的蓝色中回到峡谷时,摇身一变为枯叶蛱蝶,谛听山涧击壁鼓盆……。88

他们写电子邮件给朋友,寄到他们的电子邮址,如果他们死了,他们的电子邮址还在他们的通讯录,也许还通着电,但回电的绝不是他们了,这些悬空的闪电他们尽量避免触到直到他们也变成悬空的闪电别人避免触到。89

我们回复/转寄/删除这封/这些封电子邮件,我们回复/转寄/删除这封/这些封电子邮件,我们回复/转寄/删除这封/这些封电子邮件,我们回复/转寄/删除这封/这些封电子邮件,我们回复/转寄/删除这封/这些封电子邮件,我们回复/转。90

谁回我的诗以什么陆、海、空邮件,啊航空信封蓝的花莲天空蓝,谁回我的诗以什么陆、海、空邮件,啊水手衣服蓝的花莲大海蓝,谁帮母亲们到市场提菜,用一只花莲蓝花篮,谁回我的歌以母亲教我的歌,用天空、大海蓝的花莲蓝调。91

依呀呼嗨洋,玉里町来的女孩,你和你公学校昔年友达的友情一生不渝,在你生养我的花莲上海街她们时常来找你,一起谈笑,吃寿司，寿喜烧，一起吟唱童年的夕烧小烧，多漂亮啊你们的领巾，多有味啊你们永远永远的少女时代。92

她菜篮里，她脚踏车前篮子里，装的是她一个人勉强提得动的生活的辛苦。但一定还有什么在里面，不然为什么我看她一边骑车，一边左看右看远山和蓝天，差一点摔倒，啊那一定是她篮子里"美"的重量，让她的脚踏车始终有点摇晃。93

我的母亲叫我去买葱，我的母亲叫我去买酱油，我的母亲叫我做好学生，好老师，好父亲，而我，从小到大唱反调唱自己蓝调的我，在"好"下面加了坏，啊好坏的学生，好坏的老师，好坏的你的我的他的她的，啊，不算坏人的你们我们如梦人生。94

也许我们都是如梦似幻说书的柳敬亭，游侠髯麻柳敬亭，诙谐笑骂不曾停……姑听我假此"敬亭说书"：相看两不厌者，唯有眼前的敬亭山与我，相听两不厌者唯有敬亭与我，我，说给我自己听（至多免费默许我头上好事多姿之柳）而且百听不厌。95

敬亭山脚下敬亭说书，我的脚本只有一个，非写在鞋上袜上，更与那牵拖二十五史如裹脚布的相声杂嘴大相径庭，我借手语唇语带电的目光之语花语耳语——你"听说"过吗，我用"听"说书，我听即我说……（莫误我为客途说木鱼书，无中生有的缪莲仙）。96

我听世界的河流，人间的河流，餐桌赌桌病床婚床枫叶烽火蜂巢上深浅明暗凉烫，宇宙金色银色绝色曼陀罗花色的河流，带着咆哮、铿锵、铮琮、琮琤、悉索、窸窣、沙沙表情，流过我耳朵的峡谷化为飞鸟峭壁雨林星尘断崖飞瀑流霞钟磬万般声籁。97

我的聆听即歌唱，你们的也是，如果你愿意倾耳一听，听你自己——而不是听我。妙的是，你们喜欢听别人，特别是听我，我也听来听去只是在听"我"，所以盍听我只笔摇滚摇摆血拼瞎掰，像瞎子阿炳在映月的泉边，以叶影，以断弦的二胡，绝响人生的悲凉。98

蓝，花篮，花莲蓝，调动山蓝海蓝的花莲蓝，调动美仑山松影与敬亭山柳影的花莲蓝，花莲蓝不曾调动生与死，不曾调动渴望与失望，花莲蓝调青青唱，花莲蓝调轻轻调合悲凉与夏日海风凉，调合岛屿与历史，梦与地理，调动敬亭下的十日谭与七星潭。99

葡萄牙人来过的立雾溪，溪水滚动如金黄葡萄，里奥特爱鲁，鲁国鲁班鲁智深不曾见过的黄金河，挟金沙与化为风的厮杀一路摇滚到水蓝智深的太平洋，花莲蓝调不说风凉话，花莲蓝调歌赞海浪海蓝海风凉，啊洄澜，洄澜，感谢那拔浪而起的惊叹号！100

二〇一七·一

注：本诗写成于 2016 年终与 2017 年初跨年十日间，全诗共一百节，从一字到百字，共一百击；每节以一句点结尾，除了全诗末的惊叹号。(16) 法国诗人蓝波（Rimbaud）说诗人是通灵者（voyant）。(18) 李贺《李凭箜篌引》有诗句"女娲炼石补天处，石破天惊逗秋雨"。(30) 陈黎 1976 年诗作《更漏子》有诗句"月光沿着高高的屋檐反复逡巡/张开的像诗经在窗前，透明/透明冰凉的玻璃：/那些滴落的莫非　就是时间"。(31) 高文爵士与绿骑士，中世纪英语韵文传奇 *Sir Gawain and the Green Knight* 中之人物。(32) 立雾溪，流经花莲太鲁阁峡谷之溪流。(33) 陈黎本名陈膺文。(40) 陈黎 1977 年诗作《恋歌》有诗句"但你的眼睛是一片紫深的玻璃葡萄/不會因過重的凝睇爆裂"。(43) "此次一别也许累月经年……"，这些字句对应鲍勃·迪伦（Bob Dylan）"西班牙皮靴"（Boots of Spanish Leather）中的一节歌词。(47) 黄庭坚（黄山谷）有"同旁诗"《戏题》，前四句為"逍遥近道边，憩息慰愵懑，晴晖时晦明，谑语谐说谂"。(59) 诗人纪弦有诗《七与六》。(62) 郭泰碑铭，称颂汉朝郭泰（128—169）生前品行的碑铭。(75) 何其芳《圆月夜》有诗句"是的，我哭了，因为今夜这样美丽！"。(88) 日本诗人荒木田守武（1472—1549）有俳句（拙译）如下：

"我看见落花又回到枝上——啊,蝴蝶"。(92)我母亲生于日据时期花莲玉里。(94)陈黎1989年诗作《葱》有诗句"我的母亲叫我去买葱……"。(96)陈黎有诗《木鱼书》(2001),说书生缪莲仙"客途秋恨"事。(99)美仑山与七星潭皆在花莲。(100)十六世纪,葡萄牙人航经台湾东海岸,发现立雾溪产沙金,遂以葡萄牙语"黄金之河"(Rio de Ouro:里奥特爱鲁)之名称呼花莲;洄澜,花莲旧名,殆出于十九世纪初叶或中叶移民来花莲的汉人之口。

烈妇裂衣指南

以四維羅之
以秀言誘之
趁良月朗润夜
双双车辍密林外
借寺旁言詩之名，双声
叠韵，行林下示禁之实：
"暖男讷讷念妳奶，
拿捏挪弄脑难耐……"
山端而立，心正怔忡
伊人口白心怕
又回吾言語如下
"懊恼徒凸凸，
悄悄盼攀爬。"
则知其口不否
心亦恋。此时
虽色丰艳于前
手莫乱摸
口勿乱吻
必言皆諧
去其心之怯
待心有所欲
慾火烈烧
裂其一列列矜持之衣
口垂唾，饕餮之
包食飽也！

二〇一七·一

朱安

我是朱安。
树人先生的老婆
缠脚，不识字
但我识得他
洞房花烛，一夜
一世无事后
识他为我永远的先生

家有一女，即是安
他如是说。
婚后三日
离我去日本留学
他把我当作古董
放在家里，只看不摸
当他在京城的茶馆
议论时事，谈革命
良心，忧国忧民
当他去大学讲课
和新派女学生调情解惑

他写被欺负的阿Q，孔乙己
青梅竹马的闰土，祥林嫂
奔月的嫦娥……
但没写过我一字
因为我不识字

他为从玩偶之家出走的
娜拉开示命运，教大家
认识费厄泼赖，fair play（
公平玩？好好玩？）
啊，我多希望他玩的是我
而不是别的女人

我三从四德，外加无才之德
是前朝、旧时代遗物
也是先生今生的活遗物
一生被他所遗忘

他或也有想到我，喜欢
我的时候，喜欢我的手
为他端来的热粥糊和我
从八十里路外稻香村买回的
糟鸡，熟火腿，糕点或者我
托绍兴娘家小弟去东昌坊口
咸亨酒铺买来寄给我磨碎后
煮进粥里的盐煮笋和茴香豆

家有一女，即是安。
他安我于室
自己不安地流落他地与
识字、识时务的她同居
狂人日记。朝花夕拾。
野草。彷徨。呐喊……
我无一识得

但我的心也在呐喊

我生是鲁迅的人
(虽然不是他的女人)
死是鲁迅的鬼,被
他的女人强以鲁迅精神
以鲁迅的魂
匆忙收殓,埋掉,拉倒
连墓碑都没

我是朱安。
我怎么会如你们所说
一生不安,诸多不安
我求用好寿材,与
先生合葬而不可得
但至少许我回到
广平的大地——
广且平的大地啊
我怎么会不安?

二〇一七·一

注:朱安(1878—1947),浙江绍兴人,1906年奉父母命与小她三岁的作家鲁迅(周树人,1881—1936)结婚,有名无实。鲁迅1927年与女学生许广平(1898—1968)同居,至1936年逝世于上海止。

敬亭说书

相看两不厌者
唯有眼前的敬亭山
与我

相听两不厌者
唯有敬亭与我，我
说给我自己听（至多免费
默许我头上好事多姿
之柳）而且百听不厌

敬亭山脚下敬亭说书
我的脚本只有一个
非写在鞋上袜上
更与那牵拖二十五史如
裹脚布的相声杂嘴
大相径庭

我借手语唇语带电的目光之语
花语耳语——
你"听说"过吗
我用听
说书，我听即我说

我听世界的河流

人间的河流

餐桌赌桌病床婚床枫叶烽火蜂巢上
深浅明暗凉烫，宇宙金色银色绝色
曼陀罗花色的河流，带着咆哮、铿锵
铮琮、琮琤、悉索、窸窣、沙沙表情
流过我耳朵的峡谷，化为
飞鸟峭壁雨林星尘断崖飞瀑
流霞钟磬万般声籁

我的聆听即歌唱，你们的
也是，如果你愿意倾耳一
听，听你自己——
而不是听我。妙的是
你们喜欢听别人，特别是
听我，我也
听来听去只是在听
"我"

眼前柳影摇曳的这座
敬亭，全无困惑
它闲逸地听我
仿佛听它自己
我听到它听到我听到我
胸壑间响着的一条小溪
莲步轻移的白衣女子
行走水上，手持香水瓶
忽然间转身凭空接一细柳

将柳枝细插入瓶中触水
滴滴溅洒小溪，忽低
忽高，忽远忽近（啊
她柳枝婀娜柔媚屈仰，我
头上柳影亦不自禁顾盼摇晃
恍惚，如在梦中）
瓶水与溪水相遇处奇妙
点描出诸般光彩，仿佛百年后
你们在远方法兰西画家画布上
所见。她俯仰转旋，愈旋愈急
仿佛水上芭蕾女伶倾全部美的
意志展开最后舞跃，屏息连续
转体，令水瓶分身幻变（仿佛她
有千手）香气四溢，大小色点
缤纷射放，溢出画面
在我舌上迸出一朵朵莲花

灿然矣，敬亭山前
旁若无人的自言自语

风这时暂停，让亭外柳影
立正片刻，向我
也向它自己敬礼
让这观音、听色
敬万象众念锱铢
珠玑语字的敬亭
留名于我的舌端

二〇一七·一

妈阁·一五五八

> 有三岸的歌/之川,比一星系广:/
> /歌人死有时/歌之船逆时间静/
> 航,我们全听、看到

两年前我们载着象牙、胡椒、白银的船
辛苦靠岸后,我们问立在岸边一座
小庙前的人们此处何名。"妈阁!"
Macau?这陌生但响亮好听的名字
你们也许会称我贾梅士,或卡蒙斯
从里斯本,到佛得角,到印度果阿
到这里,我的名字叫漂荡或永不止息
就像眼前这不停流向南中国海的水
逝者如斯夫(也许有人也曾如此说过)
不舍昼夜,你们看到我航行地球上
越欧洲,非洲,亚洲,连结东西半球
但我旅行于时间的地图上,向过去
向未来,我以及我一路书写的那首
彰显葡萄牙勇健,高贵,大无畏
国魂的长诗《卢济塔尼亚人之歌》
(我视它为一条金沙如形形色色
元音、子音闪烁跃动的黄金之河)
还有那些情趣、味道缤纷歧异如
不同群岛上发现的不同香料香水的
颂歌、牧歌、格言诗、五七音节诗
十四行诗(我为我所爱的中国姑娘

啊,缇娜妹,写了许多首)……他们
后来说"妈阁"原来是祭奉那出生时
不啼哭的女子,那叫阿妈的女神之庙
说她行过水上,逐波而去,让自己
成为随不舍昼夜的水流,随时间
不断再现的抒情诗兼叙事诗。船行汹涌
惊险波涛,有她登樯竿为旋舞状,即获
安济……在罗卡角,我说,陆止于此
海始于斯,但其实所有的海浪都从
我的笔端,从我无所不在的诗的岬角
出发。我在摩洛哥战场失去我的右眼
但朝右,朝东,更多新的眼睛等着
与我相接合。我的同胞,从马六甲
从这里,向东续航到那美丽蓊郁的岛
惊呼"福尔摩沙!"啊我也要去那里
那里,我知道,也会有一条黄金之河
Rio de Ouro,里奥特爱鲁,鲜活我
的眼,只要诗人如我的笔桨比划过
春江潮水连海平,滟滟随波千万里
这海上明月,多么像,又多么不像
我家乡柯茵布拉小夜曲中的月色啊
那时间中流动的水文,因为诗人们的
咏叹,因为爱与渴望,成为同一卷
翻不尽的烫金的卷轴。你们说,你的诗
你的故事,多巧妙、曼妙地映照了半个
世纪后从中央帝国到此一游的剧作家
他用同一条河的金沙,印记让他大开
眼界的你们的华服商舶奇珠异宝……

明珠海上传星气,白玉河边看月光
他跟你一样,一见钟情爱上了异国的
少女——啊,不是中国姑娘,是比
二八年华还幼齿的你的家乡妹!
花面蛮姬十五强,蔷薇露水拂朝妆
尽头西海新生月,口出东林倒挂香
是的,那倒挂鸟张尾喷放的香气
我也曾在马六甲闻过,并且把它偷
藏在我爱过的每一个女子的腋下胯下
藏在我每一首长诗短诗的字里行间
暗香四溢,滟滟发光的黄金之河
里奥特爱鲁,Rio de Ouro……
逝者又复活者如斯夫,不舍昼夜

二〇一七·四

注:妈阁,即澳门。据说十六世纪葡萄牙人登陆澳门的地方在妈阁庙(妈祖庙)旁,葡语"Macau"(澳门)即"妈阁"转化而成。贾梅士(又译卡蒙斯,Luís Vaz de Camões,约 1524—1580),葡萄牙最伟大的诗人、冒险家,1556 至 1558 年间居留于澳门。明朝剧作家汤显祖于万历十九年(1591)由南京迁谪广东途中曾至澳门游历。我的家乡花莲有旧名"里奥特爱鲁"(Rio de Ouro:黄金之河),殆因十六世纪葡萄牙人发现流经太鲁阁峡谷的立雾溪产沙金而来。本诗前之引文出自拙作〈五首根据拙译辛波斯卡诗而成的短歌〉之五。

无言歌

牙痛与新月一夜阵阵增辉
老妪枯指下少女的琴音流泻

病后的宇宙坩埚,绿豆稀饭上
一点点细砂糖:足够甜蜜

啊音乐,音乐!不插电,从
一颗心荒废的杏核里重新回味

曾经长舌搬弄土星腰环造型色泽质地
如今但求短指偶触衣襹风中轻曳

还有你,还有你!还有格物的
云云游的僧衣里被掰开的破格的蓝

一只不知名的鸟(它也不知我名字)
推来几道新出厂的可折式音阶

一半为了引诱我们爬上树找它
一半替换季大开张的春天做广告

二〇一七·四

后　记

　　这本《岛屿边缘：陈黎跨世纪诗选》收录了我写诗四十年来各阶段诗作三百余首。"辑一：1974—1980"的诗，除〈最后的王木七〉外，皆出于《庙前》（1975）、《动物摇篮曲》（1980）二书。"辑二：1981—1993"的诗，选自诗集《小丑毕费的恋歌》（1990）、《家庭之旅》（1993）和《小宇宙：现代俳句一百首》（1993）三书。"辑三：1993—2004"的诗，出自诗集《岛屿边缘》（1995）、《猫对镜》（1999）和《苦恼与自由的平均律》（2005）三书。"辑四：2005—2016"的诗，出自诗集《小宇宙：现代俳句200首》（2006）、《轻/慢》（2009）、《我/城》（2011）、《妖/冶》（2012）、《朝/圣》（2013）《岛/国》（2014）六书，以及未结集诗作。它们是一个长跑的吟游者，沿路递出的给时间的明信片。

　　我从小住在台湾花莲市上海街。这本书能由位于上海的华东师范大学出版社出版，真是寻到最好的"家"，也是我的荣幸。

二〇一七年九月　花莲

陈黎：勇敢的习诗者

孙若茜

陈芳明在《台湾新文学史》里说："在他们这一代诗人中，他（陈黎）有过人的勇气，所以风格也变动不拘……""这一代"是指夏宇、零雨、罗智成、杨泽等与陈黎同生于上世纪 50 年代的诗人。比之让台湾现代主义诗歌在 60 年代达到高峰的周梦蝶、洛夫、余光中、商禽、痖弦、郑愁予等上一辈，作为台湾诗坛中坚力量的陈黎等人的诗作似乎未被大陆的读者熟知。

大多数人对陈黎的认识是通过他对别人诗歌的翻译，拉金、休斯、普拉斯、聂鲁达、帕斯、辛波斯卡等等，都是陈黎和太太张芬龄一同从大学毕业开始，一路译过诗作的外国诗人。最近出版过的译作是 2012 年的辛波斯卡诗集《万物静默如迷》。预计在年内，陈黎译作聂鲁达情诗合集《二十首情诗和一首绝望的歌》，以及普拉斯诗集《精灵》完整版将陆续在大陆出版。

陈黎说："对我而言，翻译是阅读与创作两者的同等物或替换。我并不是很积极的阅读者，为了要翻译，逼使我必须稍微广泛或专注地阅读一些东西。我也不是很积极的创作者，翻译别人的东西给了我一些补偿与刺激——在翻译时，你错以为那是自己的作品，觉得自己又在创作；在翻译的过程或翻译完成后，你无可避免地因对别人作品较专注地接近，获得一些创作上的启发或动力。"比如，"翻译拉金的诗，让我把目光从盛期现代主义（High Modernism）移至平淡、庸俗的日常，从中发掘诗意"。

陈黎在大学时读余光中译的《英美现代诗选》，觉得受益匪浅，进而仿效译了《拉丁美洲现代诗选》。他说："我一直觉得台湾现代诗发展的过程其实就是拉丁美洲现代诗史的缩影，只不过他们的进程或遭遇的问题可能比我们要早个 20 年。最终极的问题就是：如何在西方化或现代化的过程中，保有或凸显本地的特色？"

他眼中的这个"终极问题"，大概即是其后来创作间不断进行语言实验探索，从图像诗等方式中寻求中文的多种可能性时所要抵达之地，而这个实验过程，也正是陈芳明所指他"过人勇气"的体现之处。

在翻译的过程中，对他个人创作影响最大的，是他至少翻译了其三册诗集的聂鲁达。以其描述矿场灾变的《最后的王木七》为例："创作这首诗的前一年，我翻译了聂鲁达的《马祖匹祖高地》，诗中那种死亡与再生、压迫与升起，以及诗人应该为受苦者说话的意念深植于我心中。聂鲁达在此诗中仿佛裱文般堆叠了72个名词片语，启发我在诗中大胆并置了36个'去除了动词的名相'。"

在之后创作的一系列省视台湾历史的"地志诗"或称"史地诗"中，还有一首《太鲁阁·一九八九》，是以"大量表列"手法列举了48个泰雅人语地名，《岛屿飞行》一诗则更是列举了95个台湾山名，这些都是聂鲁达技法的衍化，源头或许可以指向聂鲁达的另一首诗：《西班牙什么样子》(Como era España)，诗人一口气列出52个西班牙乡镇的名字。

陈黎承认："作为一个创作者，我的诗语言和诗观念显然受到我翻译聂鲁达这一经验的影响。但我不敢确定——以中文为工具的我的诗语言，是受到聂鲁达诗的影响，还是受到我翻译出来的聂鲁达诗的影响。"

在写诗的40年时间中，陈黎积累了13本诗集，其间不断在进行着诗语言、诗形式、诗类型的探新试验，不断陌生化自己的语言以让中文出现新鲜感，这些在（繁体版）《陈黎跨世纪诗选：1974—2014》一书中了然囊括。

以其中一首《腹语课》为例，集合了电脑里所有"恶"(è)音与"恶"(wù)音的汉字，其表达的恶形恶状，是好像一头野兽想对美女示爱，却不敢启齿，词不达意；另一首《孤独昆虫学家的早餐桌巾》，集合了电脑里所有以"虫"为偏旁的汉字；而完全由一堆废字或罕用字构成的《情诗》，用他的话说："保证你一个字也看不懂，因为爱情本来就是盲目的。"

大学时，图书馆管理员曾送过陈黎一本过期的《芝加哥评论》——1967年9月出版的"图像诗专号"。这或许就是让陈黎成为台湾写作图像诗最多的诗人的那把钥匙。在诸多图像诗中，他以"兵、乒、乓、丘"四字构成的一首块状图像诗《战争交响曲》传播最广。

前不久，在北大新诗研究所的"两岸诗歌写作与诗歌翻译"座谈会上，文艺评论家谢冕就特别提到有关这首诗的阅读体验："'兵'排列得很整齐，是战士们整装出发的时候，队伍很严肃，准备战斗。后面，战斗的结果是，队伍就打乱了，变成了乒，或者是乓。中国文字非常了不起，'乒'、'乓'是士兵缺了胳膊断了腿，同时，乒乓是枪声，是炮声，我们仿佛可以看见硝烟，看见战士流血牺牲，乒乓乒乓，队伍乱了，渐渐牺牲。下面是非常整齐的'丘'，坟墓在祭奠先烈的墓园中非常整齐地排列。这里包含着反对战争、呼吁和平的情感。这首诗不是游戏。"

而就是这首将图像诗与文字游戏截然区分开来的作品，在1995年刊出时，曾被报社社长拒发稿费，他认为陈黎是在开玩笑，可想当时图像诗在台湾也并不多见。如今，这首诗已进入美国McGraw-Hill公司出版的大学文学教科书，也进入台湾的教室、考卷，每个中学生几乎都读过。

另一首被很多人认为是又一《战争交响曲》的《连载小说：黄巢杀人八百万》，全篇都是"杀"。陈黎说它是一次"概念演出"："我创作了全世界最长的一部小说，全长800万字，这首只露了不到1000个'杀'字的诗，只占其中两页。"

"我读到这首诗以后马上就想到黄巢自己的诗'待到秋来九月八，我花开后百花杀。冲天香阵透长安，满城尽带黄金甲。'我觉得这种构思是一种图像式的组织，但给我们一种强烈的冲击。使我们感受到这里面暗含的对人的蔑视，对生命的淡漠。我们能从这里头看到的不仅是杀字，还思考了历史。"诗歌评论家吴思敬说："像图像诗这样的诗，我一般来说不是太看重，因为有时候它们在形式上太雕琢了，其中有一些诗真是价值不大。但是陈黎的作品，改变了我这个看法。"

图像诗之外，陈黎还试验了一些"声音诗"，或者是融合两者的诗作。其中一首《阿房宫》，是一座注音符号ㄚ（音"阿"）形的大厦，全诗每字都含ㄚ（阿）这个音，以声音建筑诗。他还尝试以"视觉押韵"，写过一首《达达》，充满"辶"部的字，借"字形"节制、调制诗的韵律，追求一种"视觉的音乐性"。

"表面上看来，我的诗似乎如论者所说形式多样、大胆求变，深受外国文学、艺术影响，但我始终觉得自己是一个重视诗的节制与秩序、努力探索中国文字特性、追求中文诗新可能的习诗者。"陈黎说，从最早写的诗到近作，他的每一首诗几乎都节制地遵循某种"格律"，只是被视为自由诗或现代诗的这些诗作所循的"格律"，自然比传统诗微妙、不定。

他说自己是一个古典主义者，是在他的时代赓续他阅读、翻译过的古今中外前辈诗人们的传统，用汇聚于身的种种中文新感性、新可能，更新经典。可以佐证的，有他所写过的受17个音节日本俳句影响的三行诗《小宇宙》，前后200首，"我等候，我渴望你：/一粒骰子在夜的空碗里/企图转出第七面"、"云雾小孩的九九乘法表：/山乘山等于树，山乘树等于/我，山乘我等于虚无……"为其中两首。

他仿古代格律诗对于每行字数限制，发展自己"有规律的自由诗型"，并将它称为"X（±1）言诗"：每行诗句（包含标点在内）的字数是规律的（即字数相同），只在某些诗行做"误差为正负一个字"（多一字或少一字）的变化，这些诗行又往往联结成块状。"我企图以古典格式进行前卫思考,回归古代寻找后现代。"

此外还有所谓的"隐字诗",包括《片面之词》、《五胡》、《字俳》、《废字俳》等,以一个字为主题,重新审字、解(构)字,让诗从其中分裂出来。这些虽是非图像诗,但跟他的大多数的图像诗一样是从汉字字形变出诗。还有《唐诗俳句》12首,从一首唐诗中依序选若干字成一首俳句,其中第六首化李白《静夜思》为"床是故乡"四个字,第十二首用一条表示对调字词的校对符号(S形的线),将孟郊的《游子吟》变成非常当代的"慈母游子线上密密言"等等。

"既大胆又节制,既开放又内敛,既复杂又简单,这大概就是我向往的诗风了。"陈黎说,"如果勇敢是指敢于写作一些别人(或自己)看不懂的诗,那我可能不算勇敢;如果是指不在乎别人怎么看,自己持续做自己做的,追索一切可能的,那我也许是勇敢的。"

*

今年5月,陈黎受中国人民大学国际写作中心之邀,作为人大的第四届驻校诗人来到北京,本刊在此期间对他进行了专访:

三联生活周刊:在你看来,大陆和台湾的诗歌语言(包括译诗语言)之间差异在哪儿?

陈黎:我觉得大陆和台湾对诗歌语言、译诗语言的看法,差异并不大,但做出来的结果(以目前看)可能有些不同。当然,即使同在大陆或同在台湾,不同译者译出的东西也可能大不同。

过去几十年来,大陆、台湾两岸人民所使用的中文,除了简繁体有别外,应该颇有差异。这差异固然显现在语汇、腔调、发音、字形上,也显现在语言的"气质"上。我觉得台湾的日常或文学语言，有一种有别于大陆的脉动：一方面，相对于除旧破旧推行简体字的大陆，战后的台湾，极力提倡"中华文化复兴运动"，继续使用繁体字，把中国古典文学和历史列为考试科目，又跨海接续了二三十年代中国新文化。这样的结果是，在台湾的写作者，比诸对岸同行有可能对"中文之美"另有一种细腻的体会。另一方面，台湾由于海岛型向四方开放的性格，使岛上人民的中文得以自然、自由地吸纳不同的语言元素（闽南语、客家语、少数民族语、日语、英语等）、生活元素和文化思潮，翻转出新的感性、趣味和生命，形成一种颇具弹性、活力，更杂糅、丰富的语言。大陆的写作者也许会觉得台湾写作者的"细腻"过于阴柔，觉得不习惯或不需要。"细腻"，我想就是声音、色泽、姿势的多层次展现和细微变化，这正是诗语言最珍贵的部分。

三联生活周刊：语言风格之外呢？

陈黎：台湾的诗歌，除了语言可能更具弹性，创作的形式、技法、题材，可能比较多样。同志（同性恋）书写，女性对身体/情欲的自觉与描写，少数民族作者并置母语与汉语的写作……这些都是在大陆较少见的。

诗面对生命小主题，也面对大主题，但处理大主题，不一定要用大的词、重的词。我译的波兰女诗人、《万物静默如谜》一书作者辛波斯卡，就是举重若轻、以小搏大的很好例证。与台湾诗歌相比，大陆诗歌相对沉重些。首都师范大学的吴思敬教授也说大陆诗人和台湾诗人面临的语境不同，大陆60年代以前出生的诗人身上有苦痛的烙印，与台湾中生代诗人相比很不一样。

对语言的感受，与生活一样，什么东西好不好、要不要，是有阶段性的。眼前，我觉得两岸的距离愈来愈近。

三联生活周刊：作为获得过台湾几乎所有的诗歌奖项的人，你说获奖表示被体制接纳，并非全然光彩，有时可能是对你的一种反讽的提醒。你认为诗歌应该站在什么位置发声？

陈黎：从35年前获台湾《中国时报》叙事诗首奖，到去年获"台湾文学奖新诗金典奖"，我的确几乎获得了台湾所有重要诗歌奖项。有一二奖项在颁给我时，媒体还发文表示是对先前评审框架的突破。但我知道有些勇敢的创作者可能永远无法得奖，虽然这些奖项除了高奖金外，也强调对诗艺的高标准要求。我因此一直提醒自己，不要迎合任何评审标准或市场需求。我从小，做一个人，都要自己特立独行、自由自在了，在写诗这件事上更是不必有束缚。

作为语言的使用者、翻新者，诗人当然是重要的。虽然没有人在身份证职业栏里填写"诗人"两个字，但诗人其实是一个与日常生活息息相关的行业。诗人不是土豪或大官，他是整形业者、炼金术士、魔术师、乩童、擅长理财的金融人员、推动环保的资源回收者……他脱胎换骨，点石成金，化腐朽为神奇，回收被人们用烂、丢弃的语言，整形重组，把利空化作利多，把平凡无奇的文字变成鲜活有趣的意象，甚至大发奇想、故弄玄虚，让我们看见贫乏、有限的现实生活中无法得见的奥秘、奇迹。诗人在想象/语字的世界里，搞不伦、杂交，软硬兼施，让不相干的事物发生关系，但所有的法律都对他束手无策，因为他就是这个世界的立法者、命名者。这种让语言乱伦，扭转词性，误解本意，倒错变态，移花接木，产生多义性，产生意外、特殊的情趣，就是诗语言最明显、最根本的特质。

诗歌的位置就在现实的前面（但与其保持适当之距离），面对现实、体制，面对它，抵抗它，转化它，从每日生活中回收、再生新意、美、爱。诗人透过语言、透过想象，去达成现实生活中难以达成或不可能达成之事物。诗人用虚构的语言介入生活、调整生活，既丰富了我们的语言，也丰富了我们的人生。

三联生活周刊：我们知道译诗的经验可以帮助诗人建构语言陌生感，对于你来说，它是唯一的途径吗？

陈黎：召集北大座谈会的洪子诚教授说他高中、大学时读汉译本《圣经》，觉得翻译别扭、不通顺，等到后来方知自己错了——原来，上帝说话和普通人是不一样的，岂能用凡人之语翻译上帝！这段话生动地说明了翻译（或《圣经》的翻译）如何让中文产生"陌生化"之新鲜感。佛经的翻译更早带给我们许多新词汇、新句法（沙弥、出家、伽兰、舍利、涅槃、刹那等），本来显得有些陌生、奇怪，但刹那成永恒，很快就见怪不怪了。就像今日电脑、网络、手机的发明，给了我们许多日新月异的用语、用法，我们不曾抗拒，也无法抗拒。

翻译或译诗经验当然不是唯一帮助吾人或诗人建构语言陌生感的途径，但却是具体有效的一种。诗人译诗从两层面让自己诗语言习染陌生化效果：其一，原诗的外语词汇、句法；其二，原诗作者的诗艺、诗想和思想。我们算是最早中译休斯、普拉斯者，也是台湾最早译介聂鲁达等拉丁美洲大师者。我的诗语言明显受到我译聂鲁达此一经验的影响，他的技法、思想、语汇，转化、"陌生化"为我自己的诗语言。每一次新译他们的诗都让我储蓄一些书写的新语汇或语法。翻译时，你错以为那是自己的作品，觉得自己又在创作；翻译后，你无可避免地因对别人作品较专注地接近，获得一些创作的启发或动力。译诗非唯一帮我建构语言陌生感的途径，但却一直具此效果。

阅读译诗也可能有此效果。在台湾，上世纪70年代，叶维廉以旷达简洁的语言译了一册《众树歌唱：欧洲与拉丁美洲现代诗选译》，让初写诗的我这一辈年轻诗人大为惊艳，80年代时又感染了北岛、杨炼等一代人,催生了"朦胧诗"的语言。我的同乡前辈诗人杨牧诗风一向典雅、个人化,他融铸文言与白话、中文与外文语法,阅读其译诗仿佛阅读他自己写作的诗。

——原载《三联生活周刊》2014年第28期(2014年7月9日)

陈黎作品目录

[诗集]

阴影的河流（人民文学出版社，1993）

蓝色一百击：陈黎诗选（新星出版社，2017）

小宇宙：现代俳句266首（华东师范大学出版社，2018）

岛屿边缘：陈黎跨世纪诗选（华东师范大学出版社，2020）

[散文集]

夏夜听巴赫（文化艺术出版社，2000）

百科全书之恋（云南人民出版社，2002）

世界的声音：陈黎爱乐录（华东师范大学出版社，2017）

想像花莲：陈黎跨世纪散文选（华东师范大学出版社，2019）

诗歌十八讲：陈黎、张芬龄诗歌笔记（东方出版社，2019）

[陈黎、张芬龄译诗集]

万物静默如谜：辛波斯卡诗选（湖南文艺出版社，2012/2016）

辛波斯卡诗集：给所有昨日的诗（湖南文艺出版社，2018）

聂鲁达：二十首情诗和一首绝望的歌（南海出版公司，2014）

聂鲁达：疑问集（南海出版公司，2015）

普拉斯：精灵（完整版）（广西人民出版社，2015）

当代美国诗双壁：哈斯／希尔曼诗选（北方文艺出版社，2016）

密丝特拉儿诗集（北方文艺出版社，2017）

白石上的黑石：巴列霍诗选（外研社，2017）

达菲：野兽派太太（外研社，2017）

我想和你一起生活：世界经典情诗选（北京联合出版公司，2018）

有一天，我把她的名字写在沙滩上（北京联合出版公司，2018）

胭脂用尽时，桃花就开了：与谢野晶子短歌集（湖南文艺出版社，2018）

这世界如露水般短暂：小林一茶俳句300（北京联合出版公司，2019）

但愿呼我的名为旅人：松尾芭蕉俳句300（北京联合出版公司，2019）

春之海终日悠哉游哉：与谢芜村俳句300（北京联合出版公司，2019）

夕颜：日本短歌400（北京联合出版公司，2019）

古今和歌集300（北京联合出版公司，2020）

赛弗尔特诗选：唯有爱情不沧桑（长江文艺出版社，2019）

芭蕉·芜村·一茶：俳句三圣新译300（北京联合出版公司，2020）

牵牛花浮世无篱笆：千代尼俳句250（北京联合出版公司，2020）

图书在版编目(CIP)数据

岛屿边缘/陈黎著.
--上海:华东师范大学出版社,2020
 ISBN 978-7-5760-0724-4

Ⅰ.①岛… Ⅱ.①陈… Ⅲ.①诗集—中国—当代
Ⅳ.①I227

中国版本图书馆 CIP 数据核字(2020)第 147402 号

华东师范大学出版社六点分社
企划人 倪为国

本书著作权、版式和装帧设计受世界版权公约和中华人民共和国著作权法保护

岛屿边缘

著　　者	陈　黎
责任编辑	倪为国　古　冈
责任校对	王寅军
封面设计	夏艺堂
出版发行	华东师范大学出版社
社　　址	上海市中山北路 3663 号　邮编　200062
网　　址	www.ecnupress.com.cn
电　　话	021-60821666　行政传真　021-62572105
客服电话	021-62865537　门市(邮购)电话　021-62869887
地　　址	上海市中山北路 3663 号华东师范大学校内先锋路口
网　　店	http://hdsdcbs.tmall.com
印 刷 者	上海盛隆印务有限公司
开　　本	890×1240　1/32
插　　页	1
印　　张	12.5
版　　次	2020 年 11 月第 1 版
印　　次	2020 年 11 月第 1 次
书　　号	ISBN 978-7-5760-0724-4
定　　价	98.00 元

出版人　王　焰

(如发现本版图书有印订质量问题,请寄回本社客服中心调换或电话 021-62865537 联系)